코화이

김용주 시집

빗방울화석 시선 7

코화이

ⓒ김용주

초판 1쇄 2024년 1월 2일

지은이 김용주
펴낸이 조재형
제작 정원문화사

펴낸곳 도서출판 빗방울화석
주소 경기도 파주시 교하읍 문발리 파주출판도시 535-7
등록 300-2006-188호(2004. 12. 13)
전화 010-3757-5927
이메일 kailas64@daum.net

ISBN 979-11-89522-04-9 (03810)

빗방울화석 시선 7

김용주 시집

코화이

빗방울
화석

등단하고 나서 강산이 세 번 바뀌었다.

그사이 나는 미국 오리건주 세일럼, 일리노이주 샴페인 어바나, 전주, 이서, 뉴질랜드 해밀턴, 물선 지방, 낯선 나라를 거쳐 왔다. 지금은 아예 계절도 바뀐 남반구 뉴질랜드 해밀턴에서 살고 있다. 이젠 아이들도 다 컸다. 아이들로부터 독립을 해야 할 때이다.

제대로 시를 쓰지 못하면서도 시를 생각하면 가슴이 저렸고 시집을 낸다면 이런 말을 써야지 하고 혼자 생각하곤 했다. 그러면서도 내게 오는 말들을 잡지 못하고 놓쳐버렸다. 이러다가 작품을 아예 못 쓰게 되는 건 아닌가 하고 두렵기도 했다.

떨리는 마음으로
첫 시집을 낸다.

목차

2부

3부

4부

해설

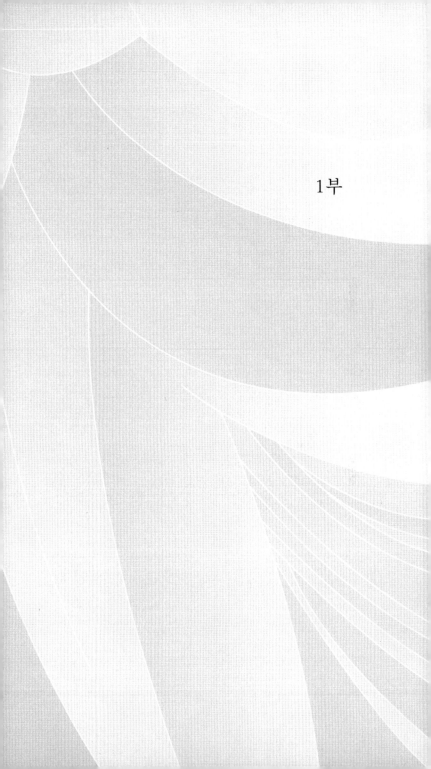

1부

코화이*

개나리 닮은 꽃
푸른 하늘 바라보며
오늘은 더 노랗게 피었구나
내가 태어나고 자란

아린 숨결
피는 꽃

*   코화이(kowhai)는 뉴질랜드가 원산지인 나무로 뉴질랜드 전 지역에서 자란다. 개나리와 비슷한 노란 꽃이 피는데 꽃은 개나리보다 크다. 시민권 수여식을 할 때 이 나무 묘목을 수여자에게 하나씩 준다. 코화이는 마오리어로 노란색이라는 뜻이다.

십 리, 안이 아니고

새벽을 안고
십 리 밖까지 걸어 나가
물꼬를 트고 얼굴 가득
어둠을 몰고 오는 아버지, 아버지들.

나는 동네로 다가선다, 푹푹 찌는 훈기
아이들은 퇴비 더미 위에서 소리 지른다.
손에는 한 움큼씩 개암이 열려 있고 무르익고
동네 앞마당으로 몰리는 소리,

누구는 동네를 구석으로 몰아넣고
외지에서 돌아오지 않고
누구는 소에 팔리고 자살하고 암장되고

열린 채 닫힌 문 사이로 아버지는
논바닥에 난 길을 피해
흙 속으로 사라진 논길을 더듬어 온다,
더듬어 올수록 동네의
아이로부터 점점 멀어지고 있다.

동네에서 아버지가 되려면
십 리, 안이 아니고
아직도 밖까지 나가야 하는가.

작업대 앞에서

낮일을 하고, 7시
구멍가게로 몰리는
캄캄한 눈발
우리는 서로 볼을 비비며 지하실로 들어간다.

(우리의 머리 위에서
다른 이들은 지금 무슨 일을 끝내고 있을까?)

엉겨 붙은 실뭉치 사이로
때에 절고 닳아진 원판
가득히 널려 있는 작업대 앞에서
너는 졸고, 몸판*만 남은 꿈에 시달리고
나는 봄 옷감에 싸여 재봉틀 바퀴마다 굴러다닌다.

옷들은 짐차에 실려
신평화 새벽 장으로 나간다.
눈이 아린 불빛 속에서
조각조각 우리를 박으면

내 것도 네 것도 아닌 누구의 것이 되는가.

밖에는 얼음이 맺히고 숨겨질 얘기들이 숨겨들고
우리는 조용히 걸어온 길 앞에 선다. 발바닥을 핥
으며 발바닥 깊숙이 얼굴을 묻는다. 모든 것이 육체
의 일부로 남는다. 허리, 머리, 눈 그 위에 손댈 수
없이 구겨져 있는 정신.

*   옷 만드는 본.

감자

여덟 살 여자애가 감자를 찐다.

놋쇠 몽당 숟가락으로 감자를 박박 긁는데
감자물이, 툇마당에 쪼그려 앉은 아이의 눈에, 콧등에
하얀 핏물처럼 튀어 얼룩으로 남는다.

여덟 살짜리 꼬마가 감자를 다 쪘네.

예쁜 선생님 말이 매끄럽고 뽀얀 감자 속으로 엉켜 붙는다.

포실포실한 선생님은 오늘 급식 빵을 나눠준다,
손 트고 때 있는 나는 옥수수빵을 못 받는다.
받아쓰기 백 점 맞은 사람 빵 주면 받을 수 있는데
예쁜 선생님은 손 깨끗한 사람에게 빵을 준다.
엄마는 우리 손을 때깔 나게 씻겨줄 틈이 없다.
엄마는 제대로 우리 얼굴을 들여다볼 시간도 없

다.

  엄마는 땡볕에 열무밭 김매고 비 철철 맞으면서
도 그 열무 솎아 장에 이고 나가 팔아야 한다.

  서울에서 중학교 다니는 오빠 육성회비, 쌀값 보
내줘야 한다.

  나무도 없어 더운 물 못 써

  한겨울 마루 걸레질에는 얼음가시가 더덕더덕 묻
어 나온다.

  방마다 주소를 달고 사는 집들,

  우리 엄마도 옆집 영이 할머니도 기억할 거다

  눈 비비고 일어나 나오면 고추장 항아리가 쑥 들
어가고

  연탄광의 연탄이 한 장씩 줄어가고

  그게 부끄럽고 치사한 짓이라는 걸 모르지도 않
았을 테다.

  당장 굶는 새끼들의 입, 덜덜 떠는 몸뚱어리에

  엄마도 영이 할머니도 눈 감아주었을 것이다.

눈 뻘겋게 되도록 봉투 붙이고
손톱이 깨지도록 양말 집는 쇠꼭지 접어도
150원 육성회비 못 내서 집으로 쫓겨 오는
그 길엔 아카시아가 흐드러지고
그 향기에도 취하지 못하는 아이들의 손
빈손으로 흐드러지다.

그 여름 그 겨울 가난의 끝은 그 향기의 어느 마
디였는가.

감자 찌는 냄새가 구수하다.

돈암동 산81번지

1

돈암동 산81번지에 풍림아파트가 하늘을 찌르며 들어서기 전, 철거된 집 더미 앞에 핀 노란 꽃은 하늘을 꿈꾸다.

우리는 여름이면 물이 괴는 구석방 연탄아궁이 옆에서 주인집 남자가 혁대로 아이들 때리는 소리를 소름 끼치며 듣는다. 더 우악스러워진 주인집 아이들에 떠밀려 오른팔을 쇠꼬챙이에 찔린 동생, 아버지의 무지가, 가난이 동생을 팔 병신으로 만들고 꼬불꼬불 골목길을 내려가면 엄마의 좌판엔 일곱 식구의 입이 달려 있다.

두 번째 이사 간 집 옆집 아줌마는 열두 살짜리 아이에게 남편 미행을 시킨다. 삼양동 어디에선가 어느 집으로 들어가는 걸 보고 다시 버스 타고 집으로 와 아줌마에게 일러주면 돈 10원을 준다. 그때 그 아이는 무엇을 고자질한 걸까? 또 어른들은 아이에게 무엇을 보여준 걸까?

외숙모는 축대가 어지럽다고 못 내려다본다. 건너편 마을에서는 밤새 싸우는 소리가 그치질 않고 아이들은 학교에서도 그 싸움을 이어간다.

6학년 미혜가 눈을 꼭 감고 콘크리트 벽에 기대서서 바지 사이로 피를 줄줄 흘릴 때, 그 애 집에 가서 미혜가 피가 나오는 오줌을 싼다고, 그 소리에 기겁을 하고 그 애 언니 달려 나온다.

건넌방에 사는 영희 언니 할머니는 6·25 때 다리를 잃고 앉은뱅이로 산다. 나라에서 구호품으로 주는 밀가루로 매일 수제비만 먹는 영희 언니, 된장찌개 속 된장 덩어리를 고기라며 밥그릇에 던져주는 오빠와 싸운다.

20층 풍림아파트 단지가 들어선 돈암동 산81번지엔 걸레 만들어 툭 던져주던 영희 언니 할머니가 없다. 동생 1원짜리 가져와 눈깔사탕 사 먹던 구멍가게도 없다. 미워도 한세상 불러보라고 시키고 10원 주시던 아버지도 없다. 우리가 잃어버린 것 찾으러

이 골목 저 골목 헤매는 사이 다시 돈암동 산동네에
는 더 높은 아파트 지을 터 밀고 있다.

　미아리 골목 채우던 구성진 노래는 우리들의 무
엇이 되어 불리고 있는가?

　2

　그 동네엔
　여름내 수영장에서 펄쩍 자란
　재숙이가
　동네 아줌마들의 악다구니가
　아침마다 줄어드는 고추장 항아리가
　6·25 때 다리 잃은
　이웃집 할머니의 정이
　함께 살았다네

　집으로 내려가는 계단 사라지고

동생이 1원 내고 사탕 사던
구멍가게도 없어지고
틈새 하나 없는 아파트가 지어지기 전
노란 민들레가 땅을 울렸다네

낙산을 오르며

아버지는
어머니의 빚더미로 빚은
술을 마셨죠.

아버지는 흔들리는 걸음으로 집에 와 밥상을 엎
었죠, 밥그릇이, 간장 종지가 깨져 방바닥을 뒹굴어
도 어머니는

가슴 쓸며
세상에 나오지 않으려는
추운 겨울,
크리스마스 캐럴이 울려 퍼지는 날,
아버지는 한숨 다 날려버리고
말 한마디 없이 등뼈 빠진 차디찬 몸뚱이로 집으
로 굴러왔죠.

우리 가슴을 후벼 파는
아버지의 나이는 그때 마흔아홉 살이었어요.

어머니의 나이는 마흔여덟,
뺑소니 차 사고 보상금 타러 간 어머니,
순경은 옷 벗으라며 먼저 씻고 나오겠다고 했죠.
순경이 씻으러 들어간 사이
어머닌 재빨리 거리로 흘러들었죠.

아버지가 남긴 무게는
천정에,
문지방에,
안방에
철제 손잡이로 묶여 있었죠.

아버지 혼자
그 무게 견디는 동안
보문동 4가 58번지는
진달래 꽃봉오리 버는
낙산 0번지로 오르고 있었죠.

아버지의 방은

그때 그 추운 겨울 그대로
꽁꽁 얼어 있었어요.

진도에서
 ─입춘 무렵

진도 읍내에서
서점 하고
옷가게 하는
이종사촌 형님들 만나고

매생이 열 지게를 사 들고
송에젓갈*을 사 들고
김에, 파래에, 미역을 한 보따리 사 들고
청룡, 여든세 살 대심이 이모
내 새끼들 왔네, 아픈 어깨 만지며
뽑아준 겨울 배추 가득 담고 가는데
어릴 적 어머니 기다리며 맞던 그 칼바람이 분다.
(용서할 수 없다 용서할 수 없다)
되뇌던
40년 전
나뭇거리 지나자
돔 밖**에 걸어 다니고
섬 밖에 머리 짐 이고 다니던
어머니가 웃고

허리 굽은 상강 이모가 웃고
남동리 이모가 웃고
외할머니가 웃는다.

겨울빛이 아직 바다 끝에 걸려 있는데,
삶의 한 노름으로 푼
네 어머니 미워하지 마라
상강 이모의 간기 빠져나간 목소리 너머
짧은 해 절여진다.

*   밴댕이젓의 방언.
**   동네 바깥.

갈산리 할머니

슬픔이 자꾸 가슴을 베어 물어.
전화만 울려도 목이 메어.
살아 있는 게 죄여.

할머니는
홍역으로 잃은 자식, 먼저 하늘나라 간 영감님,
일제 때 보육대에 끌려가 생사도 모르는 오빠와
갈산리로 흘러오다

넋 빠진 몸 끌고
미장원 찾아온 길―

(빗물 속에서 잠자리 목숨을 구걸하다.)

―구불구불
할머니

도라지 할머니

저물녘
전주로 나가는 버스 안
도라지꽃 핀다.

비 안 와
내젓는
도라지 할머니의 손에서
도라지꽃 곱게 맴돌다
떨어진다.
담장 밑 수줍던 도라지꽃들이
말개진다.

언제나 막 떠나는 버스에 대고 소리치며 손 휘젓
는
아쉬운 비탈길에서부터,
헉헉대는
물 삐죽삐죽
흘러나오는
보랏빛 고무신까지

도라지꽃 피면

도라지 할머니
긴 고구마밭 맨 손에
땡볕 얹고 굵은 뼈마디 얹어
성긴 머리카락
빗어 넘기며
도라지꽃 웃음 안고 간다.

그 아저씨

여름내 우리를 울리던 소리들이 떠나고
안암동 3가 비탈길 내려가면
길모퉁이의 책 대여점 아저씨는
찬바람에 대여점을 내주고 동네와 사람들 사이
보문시장 다리로 나가 붕어빵 장사를 했습니다.
다리 위는 아저씨의 따뜻한 세상이 되어 웃음으
로 가득 차고
하나에 200원인 붕어빵은
주인 얼굴대로 찍혀 나와 늘 웃고 있었지요.

얼마 후 아저씨는 찬바람보다 냉랭한 주인에게
책대여점 터를 내주고 쓸쓸히 웃으며 그곳을 떠났
습니다.
그리고 거기에는 냉동식품 도소매점이 생겼습니
다. 그 후에도
아저씨는 찬바람이 불기 시작하면
보문시장 다리에서 붕어빵 장사를 했습니다.
부지런히 반죽을 틀에 부어 넣으며
다리 너머로 바삐 눈길을 보내는, 아저씨.

아저씨의 모습이 보이지 않으면서

보문시장 다리에는 표정 없는 붕어빵이 남았습니다.

아저씨의 모습은 영암교회에서도

보문시장 다리에서도 찾을 수 없었습니다.

아저씨의 부인이 아이를 교회에 데리고 나왔습니다. 아이가 여섯 살이 되어 유치부에 보냈는데 그곳에선 적응을 못 해 다시 유아부로 데리고 왔다는군요. 그러고는 다른 사람에게서 아저씨의 죽음의 소식을 들었습니다.

백혈병으로 세상을 두고 간 아저씨.

아저씨가 살아 있을 때, 그 아이는 아저씨가 세상에 데리고 온 천사였습니다. 아이는 아빠를 잃어버린 충격에 날개도 잃고 이름도 바꾸고 네 살도, 다섯 살도 아닌 여섯 살인 채 유아부에 계속 나옵니다.

그 아이를 보면 깊은 눈물이 나옵니다.
아무한테도 보여줄 수 없습니다.
내 안에서만 흐르는 눈물
아저씨가 이 세상에 살아 있을 때는
내게 우는 법을 가르쳐주지도 않고
말없이 열심히 사는 법만 가르쳐주었는데
왜 그 아이만 보면 눈물이 나는 걸까요?
아저씨는 눈물로, 그 아이를, 세상에 남겨놓은 것
도 아닐 텐데요.

찬바람이 붑니다.
아저씨가 굳게 땅을 딛고 서 있던 그 자리에선
붕어빵 장사가 낯설고 빠르게 붕어빵을 굽습니다.

할머니 곁에서

뼈대만 남은 유모차에는 세 식구의 삶이 힘겹게 걸린다, 기우뚱거리는 빈 상자, 굽은 허리로 밀리는 유모차, 사팔뜨기 딸과 함께 기우뚱거린다. 아들의 고시 공부에 묻힌 딸, 할머니는 남의 집에 힘겹게 일을 하러 다녔다. 시장에서 산 물건들이 유모차에서 흔들린다.

물이 새는 낡은 한옥 집, 문간방 한쪽 켠엔 어두워진 허리 펴며 주운, 4000원 벌이, 빈 상자, 헌 옷가지 쌓이고 그 위에 할머니 잠이 둥글게 묻힌다. 행정고시에 합격하고 다시 할머니의 빈 상자 속에서 사법시험까지 합격했지만 이제는 근육수축병에 걸려 연수도 못 받고 컴컴한 방 안에 삶을 묻는 아들, 아

안암동의 이 언덕, 저 언덕, 이 집 앞, 저 집 앞을 먼저 달려가는 재활용 수집 차에 밀려다니는 할머니의 생은 어디서 멈출까, 할머니의 호흡이 멈춘 곳에 미련스러운 내 손은 다 떨어진 옷가지와 날짜 지난 신문들에 묶인다.

하루 종일, 혹은 우리 하루의 두 배가 되는 시간을, 뜨거운 뙤약볕 아래서 땀 흘리며 할머니 무엇을 주웠을까, 그 낡은 유모차엔 무엇이 쌓여가는 것일까,

가난한 내 영혼에 할머니의 허리 휜다.

난 안암동 골목을 다 돌아 나와 골목 구석구석, 그 할머니 온몸 마디마디 비추고 싶다.

땅끝

추석엔 모든 사람들이 즐겁게 모여 먹고 노는 줄
알았어.

추석날, 땅끝마을에 가는 길,

성묘를 하는 사람들이 있었어.

마을에 구경 오는 사람들도 있었지.

그때까지도 난 추석엔 모든 사람들이 노는 줄만
알았어.

그런데 밭에 농약을 뿌리는 사람들, 가을걷이를
하는 사람들이 보이는 거야.

바다가 갈라진 곳에 갔었지.

허리 구부려 조개 캐고 게 잡는 할머니,

많이 잡으셨어요?

같이 허리 구부려 묻는 우리말에

어유, 죽겠어.

할머니의 목소리가 갯벌 위로 쩍쩍 갈라져.

할머니 옆구리 빈 소쿠리 위로

한가위 보름달을 준비하는 하늘이
빨간 핏덩이를 한 움큼 뱉어내고 있어.

김제평야

1

해거름 광활면 지나 평야로 나간다.
길을 물려내며 평야는 검푸른 바다로 넘쳐난다.
바닷속 숨 막히는 그 길 위로,
훅훅 불어댄다
한 번도 제대로 내지르지 못한 함성들이.

징게 맹갱 외에밋들*
늙드락 삶이 거름으로
들판마다 뿌려져
벼로, 감자로 자라난다.

열아홉 살에 일본 사람 구도 씨네 사동使童으로 들
어갔지.
한국 사람이라고 뭐 나쁘게 하덜 않혀.
한방에서 지 아들하고 같이 잤으니까, 한 식구만
이로.
애들이 뭐 달라고 해도 주덜 않혀.

나 있어야 먹는다고. 모다 선물 가져오고 좋은 선
물 가꼬 와도
아들이 달라고 해도 주덜 않혀.
나 있어야 먹는다고
그 집에서
밭일도 하고 방 소지도 하고 밥도 짓고 심부름도
했어.

해방 후 좌익운동하다 경찰서 습격하려던 2·6사
건
동료의 배신으로 경찰서 앞에서 시작도 하기 전
에 잡혔다.
갖은 고문 속에서도 정신을 잃지 않고 가짜 이름,
가짜 장소를 불러줬다.
동료들의 집식구들이 해를 당할까 봐
죽도록 맞고
반죽음이 되어
나왔던 할아버지
고문으로 어깨가 부서져 숟가락도 못 들고

온몸에는 멍이 시퍼렇다.

할아버지 고문했던 형사반장
"늙드락 나를 원망하며 살아요."
라는 말이
징게 외에밋들에서 등이 굽고 허리가 휜다.

할아버지 손길 그리며 6남매를 기르다
위암으로 징게 외에밋들에 마흔한 해 삶을 묻는
다, 할머니

백성이 다 평등한 권리를 가지고 극빈극부가
없이 평등한 거시기를 살자 하는 내용이여.
2003년 3월 5일 버스 안에서 만나 옛이야기 하며
웃었다.
과거 광활 때 좌우익의 적대적이었던 두 사람이
옛이야기를
많은 사람들 앞에서 거침없이 말할 수 있는 세상
이니 이 얼마나

자유로운 세상일까**

자기 남편은 죽었는데 동생은 살아오면은 분풀이
를
해줬으면 하는 생각이 없을 것여?
이것은 국가 비운에 의해서 불가분 이렇게 된 것
인데
이걸 원수 갚고 허면 큰일 난다.
과거에 좌익운동 한 사람들을 다 등짝 토닥토닥
하면서
위로해주면서 걱정 말아라, 내가 이 땅에 살고 있
는 한
너 괴롭히는 놈은 말만 해라.

2

인민공화국 시절에
인민공화국에 충성한 것 죄 아뇨.

그 나라에서 그 백성 노릇을 헐라면은
그 나라 시키는 대로
헌 것이 뭔 죄요.
이제 대한민국이 되었으니까
대한민국에 충성하면 아무 흠이 없으니까
이사 가지 말고 여기서 살아요.

수상한 시절에 수상한 삶을
수상하게 살았던 이들
모두 품는
징게 맹갱 외에밋들

---

* 　김제 만경 넓은 평야, 이 글은 『징게 맹갱 외에밋들 사람들』(소화, 2005)이란 책에서 인터뷰한 사람 중 최재순 할아버지의 이야기를 바탕으로 하여 엮은 것이다.

** 　최재순 할아버지의 증언.

백무동 계곡에서

깜깜한 어둠에 싸여 있던 인민군총사령부 터, 산
기운에 떠올려 밀려가자 바람 2시, 인기척, 두려움에
총 겨누던 사람들 어디로 자취를 감춘 거지? 60년
동안 이 동지 김 동지를 휘감고 있던 이념은 이끼로
돋고 적군 아닌 적군들은 몸 하나 눕힐 자리 못 만
들고, 내 몸 하나 숨겨줘, 진달래, 60년을 붉게 물들
여도 산은 '인민군총사령부 터' 표지판에 흔들려, 신
음 소리 하나 뱉어내지 못한다.

백무동에서 노근리로 대추리로 떠밀려오는 사이
마을들은 국군에서
인민군으로 수없이 바뀌고

마을 책임자로 인민군 시중들다
쥐도 새도 모르는 이념 없이
마을 뒷산에 끌려가
총살당한 할아버지
민제 작은댁 할머니
널브러진 그 몸 찾아

뒷산 오르는 사이 떨며 넘어지며
숨 붙들다
구덩이에 반 주검으로 떨어진다,

아주버님이 찾아온 남편의 시체
뒷산 양지에 묻고
햇살 뜬 곳에 뽀얀 삶을 심고
가래비 장터마다 쭈그리고 앉아 종지에 고춧가루
담아 팔다,
까맣고 반지르르한 머리 허옇게 세고 푸석해지고

할머니의 반백의 세월
종지마다 고봉으로 담아 판
사람,
누구일까?

섬진강 나루

길 속에서 숨은 길 숨겨두고
언 눈밭에는 방금 얼린 발길 묻어두고
우리는 강물로 흘러든다.

아이들이 미끄러져
내려가는 강 언덕에는
구름 어둠이 내려앉고
오리들은 물결로 흐르고
물결은 물결로 흐르고

고추장 양념 속, 팔딱거리는 빙어,
얼얼한 입 속에서
숨이 끊기고

강 언덕을 산 삼아 오르는
아이의 손에는 맑은
강물이 흐 른 다.

2부

저 언덕에

땅바닥은 기운이 올라 있고
잎새들은 움트고 있어
가진 것 없이, 꿈꾸지 않고
저 언덕에 오르면
거기서부터는 철책.

철책에 짜여진 봄이 오고 있어
그사이로 아이들이 나와 있어
우리의 강물이 흐를 거야.
돌 틈이나 잡풀, 혹은
우리를 끼고 흘러가던 물줄기가
물 없이 흘러
아이들의 몸속을 돌고 있어

자, 들어봐
보이지 않는 저 언덕을 보려는 눈으로
그 눈으로, 너를 다 들여다봐
거기 철책에 짜인 다가갈 수 없는 누가 살고 있는
지

파고다 2

이건 내가 어제 깔고 앉았던 거여!

아니, 그 종인 분명히 내가 어제 깔고 앉았던 거란
말이여!

뻑뻑한 눈매 밑으로 터져 나오는 짓무른 목소리
들.

종로구 0번지 그들의 주소지엔 수취인 불명으로
골이 파인 도장이 찍혀 나오고

그들조차도 아득한 번호들이 정보지 구석구석에
깊게 자리 잡습니다.

허리우드극장을 수없이 돌아 나오면

다시 길은 양 갈래로 세상을 향해 뚫리고

나는 길바닥마다 널려 있는 정보지에

나의 번지를 찾아 할아버지들의 잊힌

주소란에 차곡차곡 끼워 넣습니다.

파고다 3

시내로 가는 38번 버스를 타고
파고다공원을 지나
허리우드극장 가는 길로 올라갑니다.
올라가는 그 옆, 파고다공원 담 곁에는
정보지 크기로 할아버지들의 삶의 터가 널려 있
었어요.
독립을 혹은 독재항거를 외치던 만세 소리는
파고다공원 어느 서까래
밑에 숨어들어 둥지를 튼 것일까요?

발전하는 종로구의 주소로는 찾을 수 없는 가스
불 위엔 냉기 가득한 세상을 향해 끓고 있는 커다란
국 들통, 나는 그 들통 속 멀건 국물에 소금으로 아
니 간장으로 뿌려집니다. 내 몸이 부글부글 끓는군
요, 내 몸이 다 끓고 나면 나는 어느 할아버지의 손
길을 딛고 파고다공원으로 들어갈 수 있을까요, 내
몸이 다 졸여진 후 나는 어느 할아버지의 즐거운 양
식이 될 수 있을까요. 나는 세상의 양념으로, 누군가
의 입 속으로 후루룩 들어가고 나면 그 할아버지들

의 위장을 다 둘러 종로구 어느 하수구에 무슨 찌꺼
기로 남을까요?

　파고다, 파고다
　서울의 하수구

망해사 亡海寺

   망해사에 갔습니다. 벼르고 벼르던 곳, 그리움이 나보다 10리는 앞서갔습니다. 바다를 끌어안고 슬픈 고요에 잠긴 망해사에 나도 잠겼습니다. 고요 속에서 점점이 피어나는 종꽃, 울립니다. 천년 동안 품고 다듬고 간직해온 바다가 떠납니다. 무슨 말일까요?

   징 징

   세상 잊으려고, 마음이 저려올 때마다 읽던 경들도

   우리의 하얘진 머리 위를 돌고 바다는 고독합니다.

   바다는 바다대로
   갈매기는 갈매기대로
   조개는 조개대로

   새만금에서 트랙터에 밀려나고
   불도저에
   갈라지고

부서져
하얗게 타들어갑니다.

아
이제 바다가 망해사를 놔준다고 합니다.
대웅전에,
우물에,
돌길에
스며 있던
바닷속 그림자까지 깡그리
부셔냅니다.

어둠 1번지

1

살얼음에 베인
손등마다
갈라져
살얼음 같은 피
흘러,

봄,
낯선 고향의 미나리꽝에
허리까지 올라오는 긴 장화를 신고
스티로폼 배를 밀던 사람들이 보이지 않아.
살얼음 밑 물결에 차갑게 쓸려간 걸까
줄 서 기다리던 아파트 추첨권에 밀려간 걸까

그 고향의 논밭
숨죽이고
흙 거저 받아
흙더미 켜켜이 쌓는 대로

무너지고 있어.
대롱대롱 봄을 꿈꾸던 풀들은
찬 봄바람에 꿈을 잃고 말라 비틀어졌더군.

벼, 잡초 나란히 무너져가는 논바닥에서
노인, 나물 캐 올리는 사이,
사랑이 엄마, 보상금 때문에 허겁지겁 시청에 간
사이,
마을, 번지를 잃어가더군.

2

사랑이 엄마 따라간 척동마을,
마을을 떠나지 못한 여섯 집,
발길에 무지른 땅, 무너진 담,
소리를 잃은 골목 속의 흐느적거리는 골목
길이 막히더군.
사람이 비고

마을이 비고

감이 열리고

자두가 열리고

새금동 할머니

새금동 사는 할머니
무거운 세월로 걷는 할머니
무겁게 하차 벨 눌렀는데
운전사 양반 깜박
굴다리 옆 새로 생긴 정류장으로
내려가지 않았어.
할머니 아픈 다리 끌고
창밖으로 나가는 눈길이 비탈길에 꽂혀.
천천히 짐 하나 버스 계단에 옮겨놓고
또 옮겨놓고
딸랑, 100원 통에 넣고
운전사 쳐다보며
뒷걸음질해 기어 내려,

부서지는 발, 할머니,

38년 동안
땅 일구고
자식 일군

그 땅의 주인

그날 밤

나는 흉흉해졌다, 그날 밤
손자 손 잡고 지나다 눈
마주쳐 환히 웃음 짓던,
그 선해 보이던 아저씨가
마누라를 아귀라고 소리치며
목 졸라 죽이는데
딸은 그저 쳐다만 보고 있었다는 소문에,
그 집에서 온 강아지 짖지 않아
흉흉해졌다.
그 강아지 주인 형무소에 갔다 왔다는 말에
점점 더 흉흉해졌다.

아랫집 그 소식에
우리 집이 희끄무레해지고
마당에 감나무들이 스산해지고
하늘에 밝은 달도
어슴푸레해졌다.

나는 또 흐트러진 꿈속에서

흉흉해지다.

꽃 지도

　매발톱 동위 45도 주머니꽃 동위 48도 철쭉꽃 북위 30도 국화꽃 남위 50도 황매화 서위 60도 장미꽃 서위 60도 그 위

　동백 몇 년을 아쉬운 봉오리만 힘없이 툭 툭,

　봉오리 맺고 꽃 피우기 전 옮겨져 제 뿌리 내릴 곳, 잃었을까요?

　겨우내 찬바람에 잎 푸르게 지키느라 지친 걸까요?

꽃집에서 산 거름
나무 밑에 뿌렸습니다.

거름이 눈에 스미고 비에 젖어
뿌리에 젖어들었을까요?

마른 잎 힘들여 105도로 밀어 올려놓고
봉오리 맺는 봄, 봄입니다.

그 옆으로

동백꽃 봉오리

빨갛게

벌어져

꽃 지도 완성됩니다.

생명 품는 것들

　이서면 이문리 718번지 6호 집 마당에 나뭇잎 떨어집니다. 바람보다 더 빨리 마당 구석으로 날아가 쌓입니다. 나뭇잎이 썩어갑니다. 지렁이가 그 밑에서 살이 통통하게 쪘습니다. 비를 들고 마당에 쌓인 나뭇잎을 쓸어냅니다.

　(718번지 6호 집에선 다섯 식구만 사는 게 아니었군요.)

　비 끝 닿자 몸을 꿈틀거립니다. 나뭇잎째 화단으로 던집니다. 바퀴벌레가 후닥닥 움직입니다. 나뭇잎에 묻혀 화단으로 던져집니다.

　(생명 품는 것들이 밟히지 않고 숨 쉬며 함께 이 집에서 살아가길 바랍니다.)

　젖먹이처럼
　흙 속을 파고드는
　비닐, 스티로폼, 플라스틱

이서에서 1

215번 버스를 타고 전주로 나간다. 새금동에서, 상림동에서 아낙네들 허리춤에 돈 가방 꿰차고 제 몸뚱이만 한 보따리들 차에 끌어올린다. 나누는 인사마다에 걸쭉하게 가을 해가 여문다. 버스 안에서 먼저 서는 장, 봉지 봉지 인심이 그득하다.

여름내 땀 흘린 배추, 콩, 들깨 남부시장으로, 중앙시장으로, 모래내시장으로
나가기 전 금 간 버스 바닥에 널브러진다.

웃는 해가 저문다.

이서에서 2

새금동에서 할머니들이 한 무더기 올랐다.
버스 안은 금세 고구마밭이 된다.
버스 바닥에 고구마처럼 내던져지는 할머니들의 발,
할머니들의 머리카락은 먼지처럼 흩날린다.

해 뜨는 6시부터 해지는 6시까지
고구마밭에서 온종일 살았다.
줄거리를 다듬고 고구마를 캐고
밭 이랑이랑 갈라진 살을 심고 피를 심었다.

땡볕 물러가지 못하고
핏자국마다 새잎으로 돋았다.

걸어서 그때까지
―납치자의 곶

웰링턴에서 올라온 아저씨,
해밀턴에서 내려온 우리들,
퀸즈타운에서 올라온 노부부,
타라나키에서 내려온 가족,

남쪽에서 올라온 사람들,
북쪽에서 내려온 사람들이 만났군요.
트레일러에 걸친
말들이, 발들이
물에 젖고 젖어
그때로 갑니다.

새푸른 하늘
수백만 년
절벽으로 까마득히 만납니다.

부비새 바다 위로,
링아만灣 위로,
바다 위로,

오스트레일리아 위로,
혹스베이로
3년을
찾아오고 가는 사이

신의주에서 내려간 할아버지,
공주에서 올라온 아줌마,
평양에서 내려오는 학생들,

까마득히 그때를 찾아갑니다.
가다가 가다가 기억이 까무룩해지면
하늘길 흐르는 별빛 이정표 찾아
같이 흘러갈 텐데
그 별빛 가물거립니다.

뿌연 별빛 아래서라도
엉기덩기 손잡고 함께 어울려
켜켜이 얹혔던 핏덩이
뜨거운 절벽으로

토해내고,

별빛
다시 뜨는 날
절벽
성큼성큼 걸어
백두 천지,
한라 백록담,
철철 넘치며
얼싸안습니다.
춤을 춥니다.

덩실덩실

버섯가루를 듬뿍 넣다

양주군 광적면 광적로 155번길 9
버섯영농조합, 불곡산 농원

버섯가루는 이런 데 넣으면 좋아요
봄나물 마른 나물 무칠 때
각종 전골 및 국물을 끓일 때
멸치, 어묵을 조리거나 볶을 때
부침가루와 섞어 맛있는 전을 부칠 때
된장찌개, 김치찌개 끓일 때
라면을 끓일 때 깔끔한 국물 맛을 원할 때

툭툭
버섯가루가 뽀얀 국물에,
날려요.
오빠의 뼛가루가 허우적거리는 내 손 잡아주던
마른 개울에,
떠돌아요, 흩어져요
59년 뿌리내린
땅,

붉어져요.
오빠가
나를 불러요
구슬치기 자치기 하던
그 언 땅으로
기와버섯 말버섯 꾀꼬리버섯 따러
선머슴처럼 쫓아다니던 그 산으로 골짜기로

어디에 발 디뎌야 할지 모르겠어요.

　냄비를 휘휘 돌던 버섯가루는 냄비전에 붙어버리고 나는 펄펄 끓어 넘쳐요.

회복실에서

1

회복실 구석에는
머리에 땡기미를 두른 딸아이가
마취에 취해 누워 있다.

(아버지가 남대문 꽃시장에서 지고 오르내리던 지게다리보다 더 앙상한 다리로 세상을 받쳐놓고 걸어 나오는 사이, 쉰 살 이옥순 씨, 다리에 서너 줄의 링거 바늘을 꽂고 33병동 56호실 침대로 웅크리고 들어온다. 6인용 병실에서 커튼 하나로 다른 환자들과 분리되고 침대 위로 흐르는 오줌, 가늘디가는 다리를 훑고 남편, 아들, 딸 가슴으로 타들어간다. 아들 손에 젖은 속옷을 들려주고 아줌마, 잠 속으로 빠져든다.

7년 전 바람난 남편, 저당 잡혀놓고 집 나간 사이, 마흔세 살 조현정 씨 두 번째 허리디스크 수술받으러 둘째 딸 데리고 56호로 들어온다. 딸애들 어렸을 적, 집 나간 남편의 소식을 아느냐는 말에 아줌마,

절대 용서하지 않을 거라는 말을 항생제 주사 꽂힐
때보다 더 모질게 한다. 그 말, 날이 서서 큰딸의 야
무진 공부방, 둘째 딸의 손길에 흠칫 머물다 병실 밖
으로 나간다.)

  2

  딸아이가 56호에서 땡기미를 풀고 죽을 먹고 밥
을 먹는다.

  (33병동, 환자들이 56호를 거쳐간다.
  갑상선수술 환자 27세 남, 이틀 머물다 본관 9층
으로 가고
  백혈병 환자 65세 남, 하룻밤 머물다 웃음 사라진
91암병동으로 가고

  가족들의 애절한 말에 눈만 껌벅이는 환자들
  링거병에서 떨어지는 방울방울 생명,

휠체어에 앉혀져 발 둘 곳 잃고
복도에서 흐느적거린다.

침대째 수술실로 들어간 할아버지는 이불 짐까지
싸서 대기실에서 기다리는 가족들의 애간장을 다
태우고 아침 8시에 들어가 오후 4시가 넘어도 회복
실로 나올 줄을 모른다.)

딸아이가 33병동에서 나와
병원 밖으로 걸어 나오고

'수술 중'
불이 꺼진다.

황폐했던 너

밥에 상추 뜯어 넣고
네가 절에서 보내준 고추장 넣어 숟가락으로 썩
썩 비빈다.
맵다, 아리다.
혀끝 넘어 마음 깊숙한 데 쓰리고 쓰리다

고추장보다 더 매운맛에
가슴 쥐어뜯고
마약 삼키며
피눈물 흘릴 때
난 그저 태평양 건너 한 구경꾼이었다.

황폐해진 너
아픔 꼭 숨겨두고
몸 달았다
환하게

가만히 들여다보면
네 몸에서는

구름이 분다,
바람이 흐른다.

눈꽃

오남리 뒷산
눈꽃 피어요.
겨우내 비어 있던 가지마다
눈부신 꽃이 가득 피어나요.

푸른 소나무 옆,
눈사람으로 서는 아이들
산을 눈부신 눈길로 만들어
무릎으로 걷는 아이들.

오남리 뒷산엔
눈꽃이 피어요.
아이들의 웃음소리 가득 싣고
우리가 딛고 선 땅보다 낮게 피어나요.

3부

무리와이*

태초로 걸어 들어가
바람의 끝이 되는 사람들

부비새바다하나씩품고바람됩니다.바람속향기작
은생명,다시숨,다시날개,숨쉬는새하얗게부서집니다
품었던바다새서로섬되어바다끝,파도끝살아납니
다.

바다 품은 바위는 끝없이 물결 뿜어내고

사람들태초잊지못해그리움하나씩
날개밑접어두고돌아서는데
부비새까만날개접어바위됩니다.

* 무리와이(Muriwai)는 뉴질랜드 북섬 오클랜드 지역에 있는 서부 해안
지역으로 검은 모래사장이다. 오클랜드 지역에서는 유명한 레크리에이션 지
역이며 갈매기 서식지이기도 하다. '물의 끝'이라는 뜻이 있다.

나무가 되어

1

훗투! 훗투투!

산 소리를 내던 당신, 숲 끝자리에 나무가 되어 서 있습니다. 당신 속에서 나무는 자기 뿌리 내려놓고 아득하게 움트는 우주 소리 듣네요. 새롭게 바람이 불고 새롭게 물이 흐르고.

싹이 돋는 중이라나요.

당신, 그 소리가 들리나요?

(당신의 나무가 바람에 쓰러져 산의 영혼을 밟을 때, 꿈쩍도 하지 않던 산이 우는 소리, 산은 아픈 몸 잊고 품고 있던 생명 잃을까 봐, 가볍게 던져주는 산딸기 열매에도 경기를 일으켰습니다.)

2

산언저리에 산딸기가 가득합니다.

당신 기억하죠?

무엇이든산,
언제든산

파이히아*

고통을 품은 해,
대지의 자궁이
붉은빛을 쏟아냅니다.
산, 그 빛에 겨워 일어나는데
바다, 속삭입니다.

새들 날개 밑, 숨죽이고

우리가 두고 온 하늘에서도
사람들의 탄성 속에서
늘 고통을 감추고 솟았던 해가
떠오를 거예요

샴페인 어바나에서,
안암동 언덕에서,
이서에서,
해밀턴에서,
코르시카에서,

아픈 손 뿌리치고
가슴 차갑게 여며버린 날이
어두워지고
저마다 자기 상처에 베여
아픈 가슴 꼭꼭 누르고 있을 때
해는 또 고통의 양수 터뜨렸지요.

자궁에서 터져 나오는 빛,
차갑게 여몄던 가슴에 살로 스며들 겁니다.
눈 뜰 수 없이 흘렸던 눈물들
남김없이 부서져 바다를 채울 겁니다.

온 하늘이 붉어지는 동안
대지의 자궁,
피보다 진한 상처
보듬어 안습니다.

해,
둥글게 토해냅니다.

바다, 잠잠합니다.

＊　　　파이히아(Paihia)는 뉴질랜드 북섬에 있는 도시이다. 이곳은 베이오브 아일랜즈(Bay of Islands)의 다이빙 장소와 모래사장으로 가는 관문으로 알려졌다. 와이탕이 조약 체결지(Waitangi Treaty Grounds)에는 조각된 집회소, 박물관, 거대한 마오리 카누가 현대 뉴질랜드 건국의 현장을 표시한다.

타라나키*에서

　고운 시 불러낸 자리에 한 송이 바다가 피어납니
다,
　파도가 바다 가슴을 치고,
　사람들이 그 가슴 품고 달리고, 걷고,
　아이가 자전거를 타고,
　아이의 손끝으로
　바람지팡이**가 흔들립니다.

　산이 울고,
　하늘이 웃고,

　티만드라 거리에서
　웨이크필드로 꺾어
　푸케쿠라숲으로 들어간
　우리는 푸리리의 꽃이 되고 잎***이 됩니다.
　실버펀 위로는 물꽃들이 벌고
　망초꽃이
　브룩크랜드 굴뚝 위로
　하얗게

솟습니다.

낯선 눈길에 서로 묻히는 사람들

산의 높이가 되고
바다의 깊이가 되고

숲의 고요,

길마다 길이 나고
나무마다 나무가 자라고
꽃마다 꽃이 핍니다.

그리움마다 열매 맺히고
사람 꿈꾸는 눈부신 산엔
아리키****의 빛이 희디흽니다.

*   타라나키(Taranaki)는 뉴질랜드 북섬 서쪽에 있는 해안 및 산악 지역
으로, 에그몬트국립공원 내에 있는 화산인 타라나키산(에그몬트산)의 이름에

서 따왔다. 항구 도시 뉴플리머스가 중심지이다. 진달래와 왕고사리가 자라는 정식 정원과 호수가 있는 푸케쿠라 공원 등 녹지 공간이 있다.

** 바람지팡이(Windwand)는 뉴플리머스 해안 산책로 중간쯤에 세워진 키네틱아트 작품이다. 높이가 40미터 정도로 긴 대 꼭대기에 둥근 공 모양의 원이 달려 있고 그 안에는 빨간 원이 또 하나 들어 있다 어두워지면 빨간 원이 빛을 낸다. 바람이 불면 바람지팡이가 흔들린다. 보름달이 뜨면 하늘에는 두 개의 달이 떠 있는 것처럼 보인다.

*** 뉴질랜드 고유의 상록수로 화려한 색깔의 꽃이 핀다. 1년 내내 꽃이 피고 열매를 맺기 때문에 새들에게 중요한 나무다. 마오리 사람들은 잎을 끓여서 그 물로 삔 데나 요통이 있는 곳을 씻었다. 유럽 사람들은 이 나무로 울타리를 만들거나, 철도 침목, 배를 만들었다.

****아리키(Ariki)는 마오리어로 '신'이라는 뜻이다.

Once upon a time
—루아페후산*

1

나무는 그림자를 향해 있었고 기차 창문에 해가
걸려 있었다.
우리가 지나가는 길에는 물꽃이 피고
그 꽃 위로는 기차가 지나갔다.

기차 속에서
사람들은 나무처럼 커지거나
구름처럼 흘러가거나
돌처럼 발에 밟히거나
풀잎처럼 흔들렸다.

기차를 떠난 사람들은
구름처럼 한없이 가벼워지거나
나무처럼 바람에 날리거나
돌처럼 휘파람을 뿜었다.

2

기차는 빨라
빠르면 비행기
비행기는 높아
높으면 백두산

대륙 건너지르는
기차 속에서 백두산이
너울너울 춤춘다면
가슴 벅찬 그리움으로
화려한 금수강산,
비워내겠네,
거기,
꽃이 피고 구름이 날고 나무가 비추고

3

기차가 멈췄다 떠난 자리에
두 개의 봉우리*가 피어난다.

*   루아페후(Ruapehu)라는 산 이름은 'rua'와 'pehu'가 합쳐져서 만들어
졌다. 'rua'는 마오리어로 '둘'이라는 뜻이고 'pehu'는 '봉우리'라는 뜻이다.
이 산에는 두 개의 봉우리가 솟아 있다. 루아페후, 통아리로, 나우루호에 세
산 가운데 활화산인 이 산은 뉴질랜드 원주민인 마오리족이 성스러운 장소로
여긴다. 이 세상의 풍경이라고 보기 힘든 신비하고 장엄한 절경이다.

시, 화카타네에서 출생하다
—A poem is born in Whakatane on January 1 2010

달이 바다 위에 떠 있고
바다가 달 아래 떠 있고
포후투카와 나무가
바위 위에 뿌리내리고
나일강의 백합이 산을 덮고
나팔꽃이 나무 위에
덩굴 뻗어 풍성하게 피고

    바다가 내 몸에서 짠 내가 난다고 했다. 나는 뜨거운 모래밭에 나가 몸을 말렸다. 모래밭은 발도 디딜 수 없을 만큼 뜨거웠다. 깨금발로 모래밭 속에 발을 묻는다. 햇빛이 내 몸을 비출 때마다 더께더께 허옇게 소금이 묻어 나왔다. 몸을 바위로 옮겨 문질러댔다. 바위는 금방 눈 뒤집어쓴 모양을 하고 너무 짜다고 몸을 휘휘 내둘렀다. 바위가 털어내는 소금이 다시 내 몸에 달라붙었다. 내 몸은 소금 기둥처럼 앉아 있었다. 갈매기가 와서 내 몸을 톡톡 쪼아댔다. 툭툭 소금 덩어리가 떨어졌다. 소금은 스파크를 튀며 흩어졌다. 어떤 것은 밤하늘의 별로 튀어 올랐고 어떤 것은 바닷속 빛나는 모래로 흘러들었다. 별 속에 튀어 오른 소금과 모래로 흘러든 소금은 거리가 멀어 서로 자신들이 한 몸에서 나왔다는 걸 몰랐지만 둘은 똑같이 밤에 반짝거렸다. 별빛이 바다 깊이 스며들면 모래는 꿈틀거렸다. 꿈틀거릴 때마다 모래 사이로 하얀 별빛이 쏟아져 나왔다. 갇혀 있던 빛들이 쏟아져 나와 바다 위는 빛으로 출렁거렸다. 바다가 가볍게 탄성을 질렀다. 날개처럼 가벼워진 내 몸은 푸른 달빛으로 흘러들었다.

  우리는 별을 보기 위해 지상에 빛을 두고 산으로 올라갔다. 지상에 있는 빛을 몰고 온 사람들은 스스로 별이 되기도 했다. 별을 보기 위해 천상으로 오르는 어둠을 디디면 우리는 오리온자리의 사수가 되기도 하고 남십자성이 되기도 하고 큰개자리의 빛나는 다리가 되기도 한다. 서로의 몸에서 빛나다 흩어져 은하수로 흐르기도 했다. 고요 속에 별이 흐르고, 산을 내려가는 사람들의 몸에서 광채가 뿜어져 나온다.

사람이 바위가 되어 화카타네강을 지키고
와이라카는 남자가 되어 마타-투아 카누를 지키고*
카카호로아가 화카타네로 태어난다.

＊   마오리족은 처음 뉴질랜드에 도착해서 카누를 타고 카카호로아에 왔
다. 남자들은 그 땅을 정찰하러 나가고 마을에는 여자들과 아이들만 남았다.
화카타네는 바다 옆에 강이 있는데 그 강은 조수간만의 차가 큰 곳이었다. 그
곳에는 추장의 딸인 와이라카가 있었는데 와이라카는 자신들이 타고 온 카누
마타-투아(Mataatua)가 위험에 처할 것을 알았다. 그러나 마을에는 여자와
아이들만 있고 마오리 풍습에서 여자는 카누를 조정할 수 없었다. 와이라카
는 수영을 해서 카누가 있는 곳으로 갔다. 그러고는 카누 뱃머리에 섰다. 와
이라카는 머리를 쳐들고 말했다. "Kia Whakatane au I ahau." 이 말은 "나를
남자가 되게 해주세요."라는 뜻이다. 와이라카는 이렇게 해서 카누 마타-투아
를 무사히 해변으로 몰고 올 수 있었다.

아라이타이타

무릎 나무에 몸을 감고 물이 흐르기를 기다린다.
땅속 매미 울음소리가 우리의 몸을 휘감을 때,
땅에 전율이 흐르고 물이 흐르기 시작한다.

흐르고 싶었지요. 땅속 구석구석 핏줄로. 흐르고
흐르다가 바위에 부딪쳐 핏방울 튀고, 내 숨결 따라
요동치고 싶었지요. 마른 바위에 몸 기대고 고요 속
에 기다려 수맥 채우는 나무들, 애 쓴다

수문 너머 오리들 물살 흔들 때,

흘러가지 않고 굽이치는 물 그냥 두고 떠납니다.
다시 돌아올 수 없는 물길이라도 즐겁게 흘러가야
죠.

물거품으로 희게 일고 싶다.
물이 흐르지 않는다.

거꾸로 흐르는 물,

바위에 고이는 물이고 싶다.
향기로운 새가 되고
바람 속에 묻힌 소리이고 싶다.

발자국마다 김이 맺힌다.

타우랑아*를 위한 시

타우랑아는 웃고 있었지.
양 떼를 품고
광활한 파도를 품고
태초부터 실버펀을 품고
한국인을 중국인을 소말리아인을 뉴질랜드인을
은빛으로 받아들여,
반짝반짝 웃고 있었지.

(헐떡거리며 올라온 망아누이산 꼭대기에서는 바
다가 푸르게 웃고 있었다. 다른 사람의 삶을 훔쳐 살
면서도 부끄러운 줄도 모르고 살고 있는 나를 바다
는 꽉 붙잡고 있었다. 나는 광목 헝겊 조각에 송글송
글 맺혀 나오는 핏방울이 되어 있었다.)

웃고 있는 산속에 웃고 있는 바다가 그득하고 웃
고 있는
타우랑아 속에서
웃고 있는 아이들, 얼굴들, 양들의 똥,

(나는 한 번도 꿈꿔본 적이 없는 태초로 돌아가
파도가 되어 부서지며 웃고 있었다.)

＊　　타우랑아(Tauranga)는 뉴질랜드 북섬 베이오브플렌티(Bay of Plenty)
지역의 항구 도시이다. 이곳에는 1847년 조지아풍 주택인 엘름스 미션 스테
이션(Elms Mission Station)과 같은 유서 깊은 건물이 있다. 항구 위의 다리는
뜨거운 바닷물 웅덩이와 구불구불한 산책로가 놓인 사화산이 있는 해변 마을
인 망아누이산과 타우랑아를 연결한다. 앞바다에는 헬리콥터나 보트로 접근
할 수 있는 활화산인 화이트 아일랜드(White Island)가 있다.

래글런[*]

원시인이 되려구요,

도시에서 묻혀 온 소리를 털어내고 파도에 몸을
묻는 사람들, 아이들 엉덩이 밑으로 나는 검은 길,

(아저씨, 검은 모래 속에 몸을 묻어요. 쿠르릉 쿠
르릉 쿠르르릉 바다가 우리를 부르죠. 태초부터 말
이죠. 매끈하게 흰 몸 드러내는 나무들, 빛깔 죽이고
숨소리 멈춘 조개껍질과 함께.)

우리는 온몸이 검은 알이 될 때까지 숨죽이고 잔
잔하게 물길을 걸었다. 물소리에 귀를 묻었다. 우리
의 침묵이 파도 거품으로 와서 우리 몸에 남아 있는
찌꺼기들을 씻어 갔다. 우리 몸이 초록이 되었다가
반짝거리기 시작했다.

파도에 밀려나거든 흔들리지 말고
부드러운 모래 언덕에 몸을 깊게 묻어.

별빛이 우러나는 사이

바람이, 작은 보랏빛 조개껍질이, 초록빛 조개껍질이,

비밀스러운 말들을

한 마 디 씩

고운 물빛에

띄울 거야.

반짝 반짝

아이들이 만든 길이 물속에 스며들어 빛나고 있었다.

(그렇군. 빛나는 건 따로 있었던 거야.)

---

*   래글런 소매(Raglan sleeve)는 겨드랑이부터 쇄골까지 대각선 솔기를 남기고 칼라까지 완전히 이어지는 소매이다. 래글런 남작 1세(1st Baron Raglan)가 워털루 전투에서 팔을 잃은 뒤 이 스타일의 코트를 입었다고 전해진다. 이후 그의 이름을 따서 래글런이라 불렸다. 래글런도 검은 모래사장으로 되어 있으며 서핑 장소로 유명하다.

와이토모 동굴*

동굴로 들어가는

배에 발을 디디자 나는 출렁이며 어둠이 되어버
렸습니다.

수없이 디뎌온

아,

빛나는 고요,

숨 막히는 경외,

글로우웜 숨죽여 나를 사릅니다.

나는 점점 작아져 지구의 자궁 안에 묻힙니다.

자궁은 꿈틀거리는

생명 꼭꼭 품으려고 더 고요해지는데,

누가 살펴 그 소리 듣고 있는 걸까요.

똑   똑   똑   똑   쟁

물속에서 물소리가 점점 깊어갑니다.

지구의 자궁,

까무룩

태동을 느낍니다.

손가락 끝에서 손가락이 까딱입니다.

아 심장 속에서 심장이 뜁니다.

누가 탯줄을 잡고 있는 걸까요

스르르, 천장이 흐릅니다.

뱃줄 잡은 손이 움직입니다.

나는 다시 짙은 어둠이 되어 출렁입니다.

자궁, 생명 또 품습니다.

*   마오리어로 '와이(wai)'는 '물', '토모(tomo)'는 '들어가다'라는 뜻이다. 이 동굴의 천장에는 글로우웜이라는 빛을 내는 생물이 살고 있다. 또한 물이 흐르고 있어 이 동굴을 탐사할 때는 튜브를 몸에 끼고 래프팅을 하거나, 안내원의 설명을 들으며 걷다가 배를 탄다. 이때 동굴 천장에 가득 붙은 글로우웜이 내는 빛을 볼 수 있다. 처음 배를 타고 들어갈 때는 완전한 어둠 속에 배와 사람들의 실루엣만 보이고 동굴 천장에서 떨어지는 물소리만 들린다. 어둠 속에서 배가 어떻게 가는지 의문이 들 정도이다. 적막한 지하 세계에 들어가는 느낌이다. 처음엔 무섭다가 물소리와 어둠 속을 흐르듯 가는 배를 보고 있으면 마음이 평온해진다. 시간이 조금 지나 어둠에 익숙해지면 안내원이 천장에 연결된 줄을 잡고 가는 모습이 보인다. 조그만 배에 몸을 맡기고 적막한 어둠을 즐기다 보면 투명하고 맑은 별이 뜬 것처럼 빛이 천장에 가득한 것을 볼 수 있는데, 이것이 글로우웜이 내는 빛이다.

카우리*

1

바람 닿는 곳이 내가 뿌리내릴 자리죠.
2000년을 불어온 바람,
하늘 한 자락 햇빛으로 뽑아내고
체온 낮춰
사람들의 발길 붙잡습니다.

천년,
열매는 마오리들의 먹이로 주고
나무는
수천 가지의
그늘 되었다가
카누로
바다를 젓는 동안

품으마

바람의 말들이 내 안에서 꿈틀대는군요.

황홀하게 내 안을 울리는
소리.

2

칡넝쿨이 몸통을 감고 올라오고
이끼가 끼고
내 몸이 부서지는 사이
어딘가를
고사리가 파고듭니다.

나를 가려주던 하늘
내가 우뚝 서서 가릴 때**
천년이 우르르
땅 위로 떨어집니다.
바람,
제 몸에 기대어
몽글몽글 떨어지는

서늘한 홑씨
잡습니다.

하늘이
조각조각 들어와 박힙니다.
살점 뜯는 하늘빛 품어
푸른 물빛 벌려
숲을 안습니다.

바람이
잘했다
합니다.

＊　　카우리(Kauri)는 뉴질랜드에 서식하는 나무로 와이포우아라는 지역에
는 1500년 된 것이 있다. 이 나무의 높이는 51.5미터이고 둘레는 13.77미터이
다. 이 나무의 열매는 먹거나 고무를 만드는 데 쓴다. 나무는 잘라서 마오리
들이 집을 지을 때나 카누를 만들 때 썼다고 한다.

＊＊　　In Te Roroa tradition trunks of kauri separated earth from sky.

반뽕선교센터* 사모님의 눈물

사모님은 꿈 얘기를 하며 자꾸만 울었습니다. 돼지농장에서 일하느라 거칠어진 아들의 손을 얘기하면서도 눈물을 훔치고 막내딸만 두고 미국 이민 간 어머니가 치매에 걸려 국수를 이불 속에 넣어두고는 이거 음용이 줘야 한다는 얘기를 할 때는 꺼이꺼이 울 뻔했습니다. 좀 더 편한 자리였더라면 땅을 치고 통곡했을 겁니다.

맑고 순수한 사모님은 얘기도 잘했습니다. 가족 찬양을 할 때 부끄러움 많이 타는 큰아들이 수많은 교인들 앞에서 다리 하나 올리고 머리만 긁적이다 들어온 얘기를 할 때는 우리 모두 너무 웃다 쓰러질 뻔했습니다.

40여 년 전 이민 가는 아버지 비행기 티켓을 손에 쥐고 대한항공 비행기가 떠야 할 김포공항이 아니라 서울역 대한항공 본사 간판만 보고 내렸다네요. 식구들을 찾는데 아무도 보이지 않아 안절부절못하고 있는데 저 멀리서 고향 목사님이 헐레벌떡 달려와 "음용아 내 이럴 줄 알았다" 하시며 손을 끌고 택시를 잡아 타고 김포공항으로 갔답니다. 아버지 사모님 발견하자마자 "네 이년 네 이년 니가 나를 죽일 년이다" 하며 따라와 큰 기둥 사이로 이리저리 피해 다니다 제대로 이별 인사도 못 했다는 그 얘기
부끄러움도 다 내려놓은 얘기

　그 사모님 태국 산족 아이들을 보살피고

　자연농법 돼지 개발하고

　삽질도 야무지게 잘합니다.

　예배 시간에는 삽질할 때 입었던 추리닝 바지 벗고 예쁘게 차려입고 반주하고

　태국어로 통역합니다.

　눈물 땀 범벅으로 일곱여덟 시간 산길을 걷고 걸어

　영혼 살리는 일을 합니다.

* 　태국 치앙라이에 있는 선교센터로 고선재 주음용 선교사 부부가 태국 소수 부족 아이들을 데려다가 학교에 보내주고 신앙 교육을 한다.

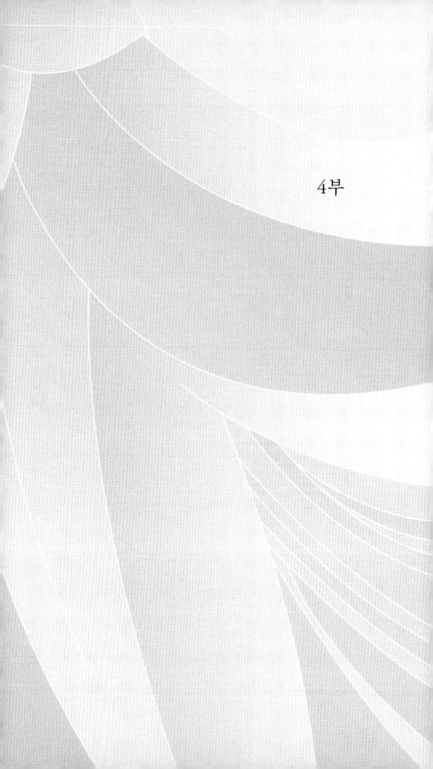

4부

풍경에 걸려 있는 봄

산허리를 필름 감듯이 감고 올라
봄을 향해
눈 사진을 찍는 사람이 있고
무겁게 내려앉아 나무 위의 산을
눈을 털며 오르내리는 사람이 있고
세상에 첫 발짝을 남기는 사람이 있고

낮은 땅으로 몰리는 어둠
하수도 물줄기를 따라
진창 속에서 눈이 얼고 나무, 나무
나무에 기대어 누덕누덕 기운 집이 붙어 있고
골목 장이 서고 애가 울고
서울이 들어앉을 공터엔 발 없이 기웃거리는 말,
살아봐야겠어요, 더?

살아봐야죠,
살아야 해요,
그래야 봄이 오지요.

노래

여름이네요
땀에 밴 목소리로
매미가 울고
부드럽게 흔들리는 나뭇가지들,

사람은 땅에 끼어 있고
산은 바위에 눌려 있고

내 앞에서는
둥근 하늘이 떠올라 샛노랗게 익어 터지네요.

무슨 일이죠?

산속의 그대에게

—최성수 시인께

산속에
지친 사람들 들어오면
산기운 불어주고
그리운 사람들 오면
야성의 미소로 감싸주고

산으로 서 있는
그대 위로
안개 끼고
바람이 분다.

그대 옆으로
시 깊이
다가선다.

꽃잠

아버지가 농부였고 노동자였던 나는 버스에서 졸
수 없다. 눈 크게 뜨고 지켜봐야 한다.
(미나리꽝 없어지고 아파트 올라가고 논 없어지
고 도로 생기고 바다 없어지고 명분 없는 광활한 땅
생기고)

억척스러운 어머니의 짐이 길바닥으로 내팽개쳐
지고 자루 쌀이 동네 한가운데서 그릇에서 그릇으
로 부엌으로 옮겨질 때도 나는 졸 수 없었다. 우리의
살이 되고 피로 흐르는 어머니의 어머니가 이 땅에
서 썩고 숨 쉬는 동안 나는 졸 수 없다.

(나는 땅의 그 어느 것도 되지 못해 없어지지도
못하고 뿌리는 썩어 들어가고 줄기에선 끊임없이
개미들이 올라온다.)

아버지가 남대문 시장에서 지게로 꽃을 져 나를
때
꽃 냄새에 흔들려 나는 잠을 잘 수 없었다.

숨죽이는 꽃잠*

* 새신랑 새색시가 갖는 첫날밤의 옛말. 일생에서 가장 아름답고 영원히
기억될 깊은 잠.

그 집, 보문동 4가 58번지

나무 대문에
나무 걸쇠 걸려 있고
큰 쇠 목간통에
깔깔대며
목간하고
마당 한구석 정원엔
아버지 손길에 피어난
몇 가지 꽃들

울퉁불퉁 노랗게 열린 여주는
어디로 갔는지
흔적이 없고
짜구났던* 아람이 사라져
여동생이 이 집 저 집 불러보고 귀 기울이던
학교 끝나고 돌아오던 골목
낯설어지고
여름날 학교에서 돌아온 동생은
아버지처럼
성긴 머리에

자꾸 턱을 간질이고 간지러워진 턱을 긁는다
누워 있던 아버지
등 구부려 앉아 있다

이서에서 해밀턴까지

　정든 것들을 떠날 때는 울지 않는다.
　눈물을 남기면 정든 것들은 고리로 이어져 떨어
질 줄을 모른다.
　딸 여섯에 막내로 아들 하나 둔 초원슈퍼 아줌마
　서른일곱에 남편 교통사고로 저세상 먼저 보내고
　억척스럽게 딸 여섯 다 키워 시집 보내놓고
　허전함에 떨다가
　이제는 가게 물건들 다 처분하고
　홀가분하게 떠나고 싶다는
　그 아줌마의 외로운 눈물이,
　우리가 떠나는 걸 알고 있던
　다롱이의 눈망울이,
　밤마다 우주를 울리던 풋감들이,
　아이의 손에서 콩이 되던 콩벌레들이,
　마당의 은밀한 감나무잎들이,
　가슴에 박히던 푸른 별빛들이,

　켜켜이 스며들어
　이서의 구름으로,

다시 718-6번지의 붉은 노을빛으로
고리로 이어지다

해밀턴에서
동백꽃에 빨갛게 맺혔다.

해밀턴

내가 사는 곳
하루에 와이카토강 다리를 걸어서 혹은 차로 몇
번 건너고
해밀턴으로 검색하면 캐나다 해밀턴이 나오는 곳
이태원에도 해밀턴호텔이 있지
누구네 집 아들은 해밀턴 이름만 보고 지원을 해
면접을 캐나다 해밀턴으로 스카이티비로 봤다지
이제 비행기 타고 날아간다지

내가 사는 곳 해밀턴
비 몰아치고
흰 구름 머물고
꽃 피고
비바람에 강물 불고
그 강물 피곤한 몸 끌고 운전해가던 애기 엄마 목
숨 앗아가고*
간호사 엄마도 그 강물에 몸 던져** 남편 아들 둘
이승에 남겨놓은 곳

내가 사는 곳 해밀턴

키위, 마오리, 인도 사람, 중국 사람, 아프가니스
탄 사람, 한국 사람, 말레이시아 사람, 대만 사람, 베
트남 사람, 싱가포르 사람, 홍콩 사람, 인도네시아
사람, 피지 사람, 통아 사람, 사모아 사람, 독일 사람,
프랑스 사람, 호주 사람, 짐바브웨 사람, 소말리아
사람, 네팔 사람, 영국 사람, 미국 사람, 태국 사람,
러시아 사람, 솔로몬제도 사람, 이란 사람, 사우디아
라비아 사람, 아르헨티나 사람, 콜롬비아 사람, 멕시
코 사람, 미얀마 사람, 캄보디아 사람 만나는 곳이지

2월에는 한국 사람 설날, 중국 사람 새해, 6월엔
마오리 마타리키, 4월 싱가포르 사람 새해맞이에 함
께 음식 먹고 등불 비추고 소원들을 빌지

내가 사는 곳, 해밀턴은
오늘도 해가 났다가
바람이 불다가
비가 내렸지

* 어린 자녀를 둔 여성이 일 끝나고 운전해서 집에 가는 길에 차가 강물에 빠지는 사고를 당했다. 2012년 6월 7일에 사고가 났는데 강물에서 시신을 찾기 위해 배를 가지고 있는 한국 사람과 키위(뉴질랜드 사람)와 마오리 여자가 각각 수색에 나섰다. 결국 두 달여 후에 해밀턴에서 40~50분 떨어진 머서(Mercer)라는 곳에서 시신이 발견되었다. 발견 당시 이미 몸이 물에 너무 많이 불어 있어, 치아로 신원을 확인했다. 그 여성은 딸과 어린 아들이 있었는데 어린 아들을 돌보면서 스시 가게를 했다. 남편은 투달러샵에서 일했는데 곧 그 일을 그만두고 아내와 함께 스시 가게를 하려고 했다가, 그 사고를 당했다. 장례식장은 울음바다가 되었다.

** 아들 둘이 중학생 정도인 간호사가 실종되었다는 소식이 현지 신문에 실렸다. 교민들은 모두 한마음으로 그녀가 다시 집으로 돌아오기를 빌었지만, 그녀는 강에 투신한 것으로 밝혀졌다. 이 장례식에는 키위들이 많이 참석했다. 그곳에 참석한 한국 사람들 몇몇은 관을 붙잡고 통곡하며 갑작스러운 이별을 슬퍼했다.

126

웃어봐

낯선 나라에서
낯설지 않게 살려면 말이야
걷다가 집집마다 높이 핀 자목련의 향기에 귀를
기울여봐
거기 앉아 날개 흔드는 새들의
말을 들어봐

그 길 끝에
정갈한 옷들 걸어놓고
활짝 웃는 의상실 주인 보이지
너도 활짝 웃어봐

그래
웃는 거야
험상궂은 마오리 아저씨도
보고 웃어주면
세상에서 최고의 미소를 선물로 받지

자목련처럼

활짝

붉게

웃어봐

수액들은 어디로 자취를 감춘 걸까

마당에 쌓아두었던 풀더미를 치우다가 본체에서 떨어져 뒹구는 너의 몸을 집는다. 마지막 가는 길이 서러워서인가 나일강백합 보라색 꽃잎을 휘감았다. 그래도 살아 있는 것은 살게 놔둬야지.

너의 몸이 너무 가볍다. 너의 마르고 마른 몸을 들어올리는데 나의 마른 눈에서 젖은 눈물이 흐른다. 가슴 깊은 곳에서부터 너의 그 마른 몸을 애도한다.

너의 몸을 흐르고 흐르던 그 많은 수액들은 어디로 자취를 감춘 걸까.

(옆에 누운 그의 몸을 만졌을 때 그의 몸은 딱딱했고 차가웠다. 마음이 떠나면 사람 몸이 나무처럼 딱딱해지고 피가 끓지 않는다는 걸 알았지만 슬프지는 않았다. 서로의 체온을 나누던 때 뜨거운 몸은 사라지고 싸늘하게 식은 그의 영혼만 만져졌다.)

나무야
이제 너를 비춰주던 하늘을 떠나
네게 와서 재잘대던 새들을 날려 보내고

흡족하게 네 몸을 적셔주던 비를 비껴가서
흙으로 돌아가
태초 이전 혼돈의 시대에
태어난 너의 조상들의
호흡으로
아름다웠던 세상을 만나고
위태롭게 말라가는 지구를 위해
젖은 눈물로 빌어주렴.

남섬에서 북섬으로

섬과 섬 깊이 떠
하늘
구름
나
가슴 떨고 있는 사이
손톱만 한
낮달
바다 밀어내고 있다.

바다,
어느 섬 끝자락에 밀물로
흐르다
썰물로
쉬고 있을까

(10년 전 태평양 건너오는 비행기 안에서는 1년
후엔 다시 이 비행기를 타고 돌아갈 거라 생각했다.
승무원은 미국식 발음 '워러'를 못 알아들었다. 몇
번을 반복한 끝에 '워터'를 외치고 물을 갖다 줬다.

1년만 살고 돌아갈 거라 남편은 아이들과 나를 데리고 차 끌고 여기저기 바람처럼 불어 다녔다. 웰링턴 빅토리아마운틴에서는 허리가 꺾어질 만큼 바람이 불어닥쳤다. 뉴플리머스 바닷가 혹스 베이에서는 트랙터를 타고 물 빠진 바다를 달려 갈매기들이 사는 산 밑에 내려줬다. 타라나키산엔 7월에 눈이 있었다. 오클랜드 무리와이 비치 검은 모래사장 래글런 그때는 낯설었던 이름들이 이제는 정겹다. 둘째 서연이가 한국으로 돌아가기 싫다고 했다. 왕따 당하는 친구와 같이 다니다 자기도 왕따 아닌 왕따가 됐다. 게다가 이곳 학교 애들은 친절했다. 하루는 이 나라 저 나라 아이들 열다섯 명을 끌고 집에 왔다. 중국, 한국, 키위. 우리는 그날 결정했다. 남편과 큰아이만 돌아가고 나는 둘째 셋째와 낯선 땅에 낯설게 남았다.

   아이들 학비가 부담스러운 남편이 먼저 영주권 받을 수 있는 방법을 물어보고 내게 알려줬다. 아이엘츠 시험 점수 6.5를 받기 위해 칠전팔기했다. 시험을 보면서 그냥 펜을 놓아버리고 싶은 순간도 있었지만 끝까지 문제를 풀었다. 내 인생의 풀리지 않는 문제를 풀듯이. 영주권을 신청했다. 철분 수치가 낮다고 산부인과엘 가고 위내시경을 하고 대장내시경을 했다. 쿵쿵 울리는 기계 속에 몸을 밀어넣고 MRI까지 끝내고 나서야 내 몸은 이상 없음으로 판명이났다. 나는 늘 정상이었지만 철분 수치는 나를 비정상이 되게 했다. 수익을 맞추기 위해 모자라는 돈을메꾸고 끊임없이 서류를 내고 기다리고 또 기다려퍼머넌트 레지던시가 됐다. 아이 셋과 남편까지. 에이전트한테 퍼머넌트 레지던시가 나왔다고 전화를받고 사람들로부터 축하 인사를 받았다. 이제 내게모국이 낯선 나라가 되기 시작했다.)

    남섬에서 북섬으로
    오는 사이
    나는 주체할 수 없는
    섬 하나로 떠 있었다.

때로는 길을 잘못 들어야 할 때도 있다

이상한 길로 가
우리는 캔디랜드에 들어갔네

나무 상자들 안
색색깔의 사탕이 색깔을 잃어가고
그걸 일궈온 할아버지
그 역사가
희미해지는 간판과 함께
지워지네

동화 속에 나올 법한
그 가게
벽화처럼
바래가네

할아버지의 열정은
아직 초콜릿 주물판처럼
뜨거운데
물려줄 딸내미

미국 여행 가서 돌아오지 않고
고속도로 옆 캔디랜드 이정표에는 달달함이 묻어
있는데

거기,
이제 '세 놓음' 표시 붙어 있네

얼음을 넣으며

모나지 않고
깨지지 않은 얼음들만
가만가만
텀블러에 넣는다
쓴 커피를 마실 너의 삶이
깨진 얼음
날카로운 모서리에
긁히고 베이지 않기를
바라며

텀블러 속 얼음
뜨거움 이겨내고
차가움으로
제 몸 내주듯
너도
네 몸 내주고
불쌍한 이웃을 돌아보고
살피기를 바라며

보이스톡

여보세요

으응 잘 지내?

네 목소리가 왜 안 좋으세요?

뭘 목소리가 안 좋아. 몸이 자꾸 아파

한 소리 또 하고 또 한다고 니 동생이 소리를 꽥 질러 방에 들어가 혼자 울다 웃다 해

꿈에 중화동 할머니가 나왔어 할머니를 쫓아가는데 할머니는 자꾸 달아나셔

준형이 엄마가 꿈에 나왔어. 검은 옷을 입은 사람을 쫓아가는데 자꾸 그 사람 가는 곳을 놓쳐

사람들이 그러는데 이게 죽는 꿈이라는데 이젠 가야지

엄마가 아무렇지 않은 척 말하지만

휴대폰 화면이 빨갛게 되고 신호가 약하다는 말이 뜬다

여보세요…. 여보세요

세상의 신호를 꽉 잡으세요. 아직 놓으시면 안 돼요, 엄마

도서관에서

비가 내리자
도서관 안과 밖이 형광등 불로 이어진다
술렁거리는 사람들 소리가
빗속으로 묻힌다
하늘로 이어진 불빛이
우리들의 이야기를 듣고 있다

무슨 이야기들을 하고 있을까 어제는 사랑을 하
고 오늘은 아픔이 쏟아지고 내일은 길을 가고 책을
읽고 투쟁을 하고 역사를 잊어가고 모순을 말하고
지구를 망가뜨리고 밥을 말한다

비 그치고
해나자 불빛들
일제히 안으로 들어오고
이야기들 모두 책 속으로 들어가
줄이 되고 행간이 된다

의자에서 일어나

나오던 나는

방향을 잃고

헤맸다, 생의 한가운데에서

집

노란 수선화 가지런히 피우는 집
온기 스미는 집
저녁이면 식구들 모여 도란도란 이야기꽃 피우는
집
창가에 따뜻한 불빛 흘러나오는 집
벽돌 담이 따스한 집
나무 의자 오도카니 앉아 있는 집
풀 뽑다 잠깐 쉬는 집
지붕 너머로 하얀 구름 흘러가고
무지개 걸쳐놓는 집
혼에 숨 불어넣는 집

둥가*와 나

둥가 누워 있는 곳으로 가서
둥가를 쓰다듬는 일은
순종을 배우는 일이다.
손길 가는 대로 몸을 맡긴다

게다가 순하디순한 눈빛을
받는 일은
가슴 벅차게
행복한 일이다

*   둥가는 열여섯 살 된 반려견으로, 푸들과 비숑 혼합견이다.

예순, 참 좋은 나이

인생살이가
팍팍하지도 않고
세상에 날 좀 끼워 넣을 줄 알고
너무 늙었다고 생각하지도 않고
몇 개의 계단은
숨차지 않고 오를 수 있고

낯선 나라에
한 달 살이를 생각하고
평생교육원 같은 데 가서
뭘 좀 배워볼까 기웃거리기도 하고

아직은
아이돌 노래 흉내는 낼 수 있고

구름이 비켜난 사이
푸른 하늘처럼
아직 푸릇푸릇하기도 하고
후두둑 떨어지는 빗방울에

발 하나 내밀어
줄 줄도 알고

해설

아프고 아득하고
막막함의 끝에서 만나는 평안

최성수(시인)

마침내

청춘의 시절에 만났던 김용주 시인이 '마침내' 시집을 상재한다. 굳이 '마침내'라는 부사를 쓴 이유는, 문단에 이름을 건 이후 38년 만에 내는 첫 시집이기 때문이다. 강산이 세 번도 더 바뀐다는 그 긴 세월을 견디고 내는 첫 시집이라니! 나는 세월의 길이보다도 그 시간 동안 시를 놓지 않고 살아온 시인의 끈질김이 더 놀랍다.

내가 아는 김용주 시인은 참 느리고 온순한 사람이다. 세상에 급할 것 하나도 없다는 듯, 말도 느릿느릿하고 행동도 굼뜨다. 그래서 옆에서 지켜보면, 저렇게 착하디착한 사람이 어떻게 가장 치열해야 완성되는 시를 쓸 수 있을까 하는 의문이 들기까지 했다.

그런데, 시집 원고를 받아 보다가 나는 비로소 그

의문을 풀 수 있었다. 한없이 느긋하고 선해 보이는 그의 마음속에는 다른 누구보다도 더 큰 상처와 아픔이 내재되어 있다는 것을 알 수 있었기 때문이다. 또 어떤 여행가보다도 더 길고 아득한 방랑의 경험이 존재하고 있기도 했기 때문이다. 그런 사적 경험들이 가라앉고 녹아들어 '마침내' 이번 시집으로 형상화된 것이리라. 아프고 아득하고 막막한 세월을 건너온 사람이 털어놓는 시이기에 이번 시집의 의미가 더 진하게 다가오는 것이 아닐까?

길 위의 삶

우리가 살아가는 이 세상은 살아 있는 모든 존재가 깃들어 묵는 여행지의 여관 같은 곳이다. 또 우리가 살아가는 이 시간은 오랫동안 거쳐오는 나그네 같은 것이라고 할 수 있다. 허망한 것이 인생이라면, 그것은 또 하나의 꿈과 같은 것이다.

—이백, 「봄 밤에 복숭아 꽃 그늘에서 잔치를 하다

春夜宴桃李園序」 부분

이백의 산문의 이 한 구절은 우리의 생이 시간과 공간을 아우르며 살아가는 일이라고 규정하고 있다. 우리가 사는 이 세상은 여행길에서 묵어가는 여관 같은 공간이다. 이 세상이 여관 같다는 것은, 우리는 여행자라는 말이다.

여행은 근거를 두고 사는 곳에서 잠시 떠나 다른 공간을 경험하는 일이다. 이백은 우리 모두는 이승이라는 이곳에 잠시 여행을 온 존재라고 규정한다. 그 말은 우리 모두는 여행이 아닌 원래의 근거지에서 떠나온 존재라는 말이 된다. 즉 우리는 모두 여행이 끝나면 원래의 삶의 자리로 돌아가야 한다는 의미이다.

그런데 그 원래의 삶의 근거지가 무엇이고 어디인가는 이백에게 중요하지 않다. 아니, 어쩌면 이백만이 아니라 우리 모두에게도 그 질문은 의미 없는 것인지도 모른다. 원래 삶의 근거를 누구도 알 수 없고 겪어보지 못했기 때문이다.

중요한 것은 우리가 여행자의 삶을 이승에서 '살아가고' 있다는 사실이다. 여행자의 삶은 늘 새롭고, 순간이 소중하다. 여행은 익숙한 것에서 벗어나는 일이고, 새로운 경험과 맞닥뜨리는 일이다. 여행의 순간에는 풍경이나 사람뿐만 아니라 생각이나 언어도 새로운 것이 된다.

시는 본질적으로 인간이 지닌 관습적인 언어를 뛰어넘어 새로운 언어를 창조하는 일이다. 그 새로움이야말로 여행과 일맥상통한다. 그래서 시인들은 여행을 가장 많이 노래하고 있으며, 여행을 통해 새로운 시적 모티브를 찾아내기도 한다.

그런데 우리의 삶이 온전히 여행이라면, 이 여행길에서 만나는 모든 것들이 다 시가 되지 않겠는가.

김용주의 시는 그런 점에서 시인이 60여 년 떠나온 여행의 경험에 대한 형상화라고 할 수 있다. 누구나 여행을 꿈꾸고, 여행을 떠난다. 그러나 그 여행의 길에서 자신만의 말을 찾아내는 경우는 드물다.

내가 굳이 김용주의 시를 읽으면서 여행을 떠올리는 것은, 시집 전체를 관통하고 있는 '떠남'과 '방황'을 발견했기 때문이다.

이제 김용주 시인의 시들과 함께 그가 떠나 걸었던 여행의 기록을 살펴보기로 하자.

십 리 밖을 떠도는 유년

스스로의 고백처럼 시인은 지금까지 수많은 공간을 떠돌며 살아왔다. 떠돌며 살았다는 것은 어느 곳도 자신이 뿌리내리고 살아갈 공간으로 선택하지 못했다는 말이 된다.

시집의 첫머리인 〈시인의 말〉에서 그는 자신이 흔적을 남긴 공간들을 일일이 열거해보고 있다.

"그사이 나는 미국 오리건주 세일럼, 일리노이주 샴페인 어바나, 전주, 이서, 뉴질랜드 해밀턴, 물선 지방

낯선 나라를 거쳐 왔다."⟪시인의 말⟫

그가 거쳐온 공간은 그의 말대로 '물선 지방, 낯선 나라'들이다. '설다'는 익숙하지 않다는 말이다. 나라로 치면 미국, 우리나라(전주, 이서), 뉴질랜드 3개국이지만, 그 세월은 무려 수십 년에 이른다. 특히 그는 전주나 이서까지도 익숙하지 않은 곳이라고 고백한다. 자신이 태어나 자란 고국조차도 그에게는 낯선 곳이다. 세상 어디도 시인이 살아가기에는 익숙하지 않은 곳이었다는 고백이다. 심지어 지금 살고 있는 뉴질랜드의 해밀턴까지도 여전히 낯설다. 과거에도 그랬고, 현재도 여전히 시인의 삶은 여행자처럼 떠도는 것이라는 인식이 그 이면에 담겨 있는 것이다.

그럼 이런 '떠돎'의 뿌리는 무엇이었을까? 그의 시의 배경을 이루는 젊은 날의 흔적부터 찾아가 보자.

젊은 날에 대한 그의 기억은 대개 상처로 남아 있다. 젊은 시절이 상처라는 것은, 그가 발 딛고 살아온 그 시절의 기억은 잊고 싶은 이미지, 즉 긍정보다는 부정에 닿아 있다. 이 부정적 기억이 그를 떠도는 길로 내몬 것은 아니었을까?

낮일을 하고, 7시
구멍가게로 몰리는
캄캄한 눈발

우리는 서로 볼을 비비며 지하실로 들어간다.

(우리의 머리 위에서
다른 이들은 지금 무슨 일을 끝내고 있을까?)

엉겨 붙은 실뭉치 사이로
때에 절고 닳아진 원판
가득히 널려 있는 작업대 앞에서
너는 졸고, 몸판만 남은 꿈에 시달리고
나는 봄 옷감에 싸여 재봉틀 바퀴마다 굴러다닌다.

옷들은 짐차에 실려
신평화 새벽 장으로 나간다.
눈이 아린 불빛 속에서
조각조각 우리를 박으면
내 것도 네 것도 아닌 누구의 것이 되는가.

밖에는 얼음이 맺히고 숨겨질 얘기들이 숨겨들고
  우리는 조용히 걸어온 길 앞에 선다. 발바닥을 핥
으며 발바닥 깊숙이 얼굴을 묻는다. 모든 것이 육체
의 일부로 남는다. 허리, 머리, 눈 그 위에 손댈 수 없
이 구겨져 있는 정신.

—「작업대 앞에서」 전문

152

시집 전체를 통틀어 가장 완성도 높은 성취를 이루고 있는 이 작품은 다양한 층위를 지니고 있다. 그만큼 시적 입체성을 이루고 있다고 볼 수 있다.

이 시에는 두 개의 상반된 공간이 존재한다. 하나는 지상의 공간이고 다른 하나는 지하의 공간이다, 지상의 공간에는 구멍가게가 있고, 눈발이 있다. 그리고 그곳은 나(혹은 우리)와 다른 사람들이 살아가는 곳이다.

지하의 공간은 화자(나 혹은 우리)가 발 딛고 견뎌내는 현실의 공간이다. 그곳은 일터이고, 생존을 위해 견뎌내야 하는 노동의 공간이다.

이 대비되는 두 공간 사이에는 분열되는 자아가 존재한다. 그런 점에서 첫 구절은 의미심장하다. 지금 시적 화자는 지상의 공간에서 지하의 공간으로 옮겨가는 중이다. 그런데 원래부터 지상의 공간에 있던 것은 아니었다. 첫 구절이 그런 서정적 자아의 현실적 위치를 상징적으로 보여준다. "낮일을 하고, 7시 / 구멍가게로 몰리는 / 캄캄한 눈발"은 서정적 자아가 낮 동안 내내 지하 공간에 있었음을 암시한다. 지하는 실제 지하실일 수도 있지만, 그와 관계없이 시적 자아가 폐쇄된 공간에서 생존을 위해 몸부림쳐온 것을 의미하기도 한다. 7시는 지하와 지상의 공간이 겹치고 교대되는 시간이다. 그 시간, 서정적 자아는 기껏 지상에서도 그저 구멍가게에나 갔다 올 수 있을 뿐이다. 그래서 내리는 눈발도 신명 나고 아름다운 것이 아니라 캄캄하다고 말하고 있는 것이다. 밤낮없이 이어지는 노동과, 지친 노동 속에서 시들어가는 자신을 발견하는 것이 이 시의 중심 주제. 지하 공간에서 서정적 자아를 비롯한 노동자들은 실뭉치에 묻혀 재봉틀을 돌리며 옷을 만들어내고, 자신이 입을 수 없는 옷들은 신새벽의 신평화시장으로 팔려간다. 그 팔려가는 옷들은 어쩌면 제 꿈을 지우고, 지쳐 졸음과 싸운 결과물인지도 모른다. 그래서 시인은 그런 자신을 객관화시켜 '너'라고 멀리 밀쳐놓는다. 노동에 지친 자신을 '나'가 아닌 '너'라고 분리시켜놓음으로써 현실을 잊어버리려 몸부림치는 것이다. 그러나 그렇게 한다고 해서 현실의 고통이 사라지는 것은 아니다. 여전히 자신은 '발바닥에 얼굴을 묻고, 발바닥을 핥으며' 노동을 견뎌내야 할 뿐이다. 그래서 시의 마지막에 "모든 것이 육체의 일부로 남는다"고 고백한다. 정신과 육체를 나눌 수는 없겠지만, 이들의 노동은 정신을 구겨버리고 육체의 고통으로 남을 뿐인 것이 현실이다. 어쩌면 그들은 저 70년대 가혹한 노동 현실 속에 놓여 있던 또 다른 전태일과 같은 존재들인지도 모른다.

이 시는 아마도 시인의 노동 경험을 진솔하게 담아낸 성과물일 것이다. 육체를 갉아먹고 정신을 구겨버리는 가혹한 현실에 대한 막막한 인식의 발견을 마치 기억처럼 아득하고 잔잔하고 쓸쓸하게 그려낸 이 시는 그래서 70년대를 그리운 마음으로 돌아보게까지 만든다. 상처받은 시인, 상처받은 사람들을 기억하는 이 시의 배경이 어쩌면 시인에게 먼 길을 떠돌게 하는 이유인지도 모른다.

그런 상처의 흔적들은 시집 곳곳에서 발견된다.

누구는 동네를 구석으로 몰아넣고
외지에서 돌아오지 않고
누구는 소에 팔리고 자살하고 암장되고

열린 채 닫힌 문 사이로 아버지는
논바닥에 난 길을 피해
흙 속으로 사라진 논길을 더듬어 온다,
더듬어 올수록 동네의
아이로부터 점점 멀어지고 있다.

동네에서 아버지가 되려면
십 리, 안이 아니고
아직도 밖까지 나가야 하는가.

　　　　　　　　　―「십 리, 안이 아니고」 부분

아마도 시인이 어린 시절을 보냈던 고향이 배경인

듯한 이 시는 아버지의 이야기이면서 동시에 시인 자신의 이야기이기도 하다. 동네 사람들의 삶은 늘 동네를 떠나는 꿈으로 가득 차 있다. 그래서 어떤 사람은 동네를 떠나 외지에서 돌아오지 않고, 어떤 사람은 자살로 동네를 떠난다. 동네는 온전히 구석진 이방일 뿐이다. 시인의 아버지도 동네를 떠나는 꿈으로 살아가는 존재다. 아버지는 날마다 일터인 논으로 나가지만, 그 나가는 문은 열린 듯 닫혀 있는 모순의 문일 뿐이다. 그리고 일터에서 돌아오지만 아버지는 동네와 자신의 아이들로부터 날마다 멀어지고 있는 것이다. 십리 밖이라는 거리는 4킬로미터인 10리로 한정되는 거리가 아니다. 십 리 밖은 유년의 시인의 개념 속에서는 아득히 먼 거리, 헤아릴 수 없는 다른 땅을 의미한다. 그리고 그 고향에 돌아가 보는 시인이 성인이 되어서도 떠도는 세상 밖의 먼 거리이기도 하다. 어쩌면 시인은 아버지가 동네를 떠나기 위해 늘 꾸었다 지우던 꿈을 고스란히 자신의 것으로 간직하고 세상을 떠돌게 되는 운명이었는지도 모른다.

길이 막히더군.
사람이 비고
마을이 비고
감이 열리고

자두가 열리고

—「어둠 1번지」 부분

아파트가 들어서고, 미나리꽝에서 스티로폼 배를 타며 미나리를 채취하던 사람들은 다 사라지고, 보상금 때문에 시청을 오가던 사람들 사이에서 마을은 재개발이나 도시 재생을 명분으로 원래 가졌던 문화와 풍경을 다 소멸시키고 만다. 고향의 상실은 기억의 상실이고 인간다운 삶의 상실로 이어지는 현대 사회의 모습을 우리는 이 시에서 엿보게 된다. 무너져가는 전통 속에서 감이 열리고 자두가 열리는 이율배반의 실향의 나날들은 어쩌면 시인이 고향을 떠나 견뎌온 긴 시간인지도 모른다.

정주할 수 없는 시간들—젊은 날

고향을 떠나 정착하게 된 청춘 시절의 상황 역시 고향과 별반 다르지 않다. 어쩌면 더 암담한 시절이었는지도 모른다. 고향이 결코 편안하고 행복한 곳이 아니었던 것처럼, 시인이 정착한 안암동과 돈암동도 막막한 공간이었다.

"눈 뻘겋게 되도록 봉투 붙이고/ 손톱이 깨지도록 양말 집는 쇠꼭지 접어도/ 150원 육성회비 못 내서 집으로 쫓겨 오"(「감자」)던 곳이었고, 마흔아홉 살의 아버지가 "어머니의 빚더미로 빚은 / 술을"(「낙산을 오르며」) 마시던 곳이었다.

그곳에서 시인의 가족은 결코 뿌리내릴 수 없는 또다른 고통의 시절을 견뎌내야 했다. 셋방을 살던 시인의 가족들이 안암동에서 겪은 아픔의 시간들은 「돈암동 산 81번지」에서 고스란히 드러난다. 마치 한 편의 성장기와도 같은 이 시가 지극히 산문적인 것은 운문으로 담아내기에는 너무도 확장적인 현실 때문이 아니었을까?

    1

돈암동 산81번지에 풍림아파트가 하늘을 찌르며 들어서기 전, 철거된 집 더미 앞에 핀 노란 꽃은 하늘을 꿈꾸다.

우리는 여름이면 물이 괴는 구석방 연탄아궁이 옆에서 주인집 남자가 혁대로 아이들 때리는 소리를 소름 끼치며 듣는다. 더 우악스러워진 주인집 아이들에 떠밀려 오른팔을 쇠꼬챙이에 찔린 동생, 아버지의 무지가, 가난이 동생을 팔 병신으로 만들고 꼬불꼬불 골목길을 내려가면 엄마의 좌판엔 일곱 식구의 입이 달려 있다.

두 번째 이사 간 집 옆집 아줌마는 열두 살짜리 아이에게 남편 미행을 시킨다. 삼양동 어디에선가 어느 집으로 들어가는 걸 보고 다시 버스 타고 집으로 와 아줌마에게 일러주면 돈 10원을 준다. 그때 그 아이는 무엇을 고자질한 걸까? 또 어른들은 아이에게 무엇을 보여준 걸까?

외숙모는 축대가 어지럽다고 못 내려다본다. 건너편 마을에서는 밤새 싸우는 소리가 그치질 않고 아이들은 학교에서도 그 싸움을 이어간다.

6학년 미혜가 눈을 꼭 감고 콘크리트 벽에 기대서서 바지 사이로 피를 줄줄 흘릴 때, 그 애 집에 가서 미혜가 피가 나오는 오줌을 싼다고, 그 소리에 기겁을 하고 그 애 언니 달려 나온다.

건넌방에 사는 영희 언니 할머니는 6·25 때 다리를 잃고 앉은뱅이로 산다. 나라에서 구호품으로 주는 밀가루로 매일 수제비만 먹는 영희 언니, 된장찌개 속 된장 덩어리를 고기라며 밥그릇에 던져주는 오빠와 싸운다.

20층 풍림아파트 단지가 들어선 돈암동 산81번지엔 걸레 만들어 툭 던져주던 영희 언니 할머니가 없

다. 동생 1원짜리 가져와 눈깔사탕 사 먹던 구멍가게
도 없다. 미워도 한세상 불러보라고 시키고 10원 주
시던 아버지도 없다. 우리가 잃어버린 것 찾으러 이
골목 저 골목 헤매는 사이 다시 돈암동 산동네에는
더 높은 아파트 지을 터 밀고 있다.

  미아리 골목 채우던 구성진 노래는 우리들의 무엇
이 되어 불리고 있는가?

  2

  그 동네엔
  여름내 수영장에서 펄쩍 자란
  재숙이가
  동네 아줌마들의 악다구니가
  아침마다 줄어드는 고추장 항아리가
  6·25 때 다리 잃은
  이웃집 할머니의 정이
  함께 살았다네

  집으로 내려가는 계단 사라지고
  동생이 1원 내고 사탕 사던

구멍가게도 없어지고

틈새 하나 없는 아파트가 지어지기 전

노란 민들레가 땅을 올렸다네

—「돈암동 산81번지」 전문

이 시는 지극히 서사적이다. 시의 공간적 배경은 돈암동 산81번지다. 그 시절 지번에 '산'이 붙는 곳은 대개가 무허가촌이거나 산지를 점거한 이주민들에 의해 어쩔 수 없이 지번이 생긴 곳들이다. 돈암동 산81번지 역시 그런 내력의 동네 중 하나였음에 틀림없다. 고향에서 이주한 이주민의 공간인 그 마을 역시 고향에서처럼 지워지고 사라질 사람들로 이루어진 곳이다.

그곳은 주인집 남자가 허리띠로 아이들을 때리던 곳이고, 어린아이에게 남편 미행을 시키고 10원을 주던 이웃이 있는 곳이고, 가파른 비탈에 축대를 쌓고 지은 집들이 있는 산비탈 마을이다. 싸움질하면서 자라는 아이들과 된장찌개 속의 된장 덩어리를 고기라고 우기는 이웃 오빠와 전쟁 통에 다리를 잃고 구호 밀가루로 만든 수제비로 끼니를 때우는 사람들이 사는 곳이다.

그리고 무엇보다도 시인의 동생이 주인집 아들의 쇠꼬챙이에 찔려 불구가 된 곳이다. 온갖 악다구니와 잡다한 일상을 시인은 마치 소설이나 영화의 한 장면처럼 그냥 보여준다. 그런 일상의 하나로 동생의 불구를 툭 던져놓는다. 심지어 털어놓기 힘든 아버지와 어머니의 과거사까지도 스스럼없이 고백한다.

이 시에는 두 개의 서정적 자아가 존재한다. 하나는 과거의 복잡하고 막막한 현실 속에 살고 있던 자아이고, 다른 하나는 오랜 세월이 흐른 후 그 돈암동 산81번지를 찾아가 보는 (혹은 상상해보는) 현재의 자아다.

그 두 자아를 연결해주는 시적 소재는 민들레다. 시의 첫 구절인 "철거된 집 더미 앞에 핀 노란 꽃"은 시의 마지막 "노란 민들레"와 같은 이미지다. 노란 민들레는 현재의 자아를 과거의 자아와 이어주는 시적 장치다. 노란 민들레가 핀 현재의 공간은 과거의 동네가 다 지워지고 아파트가 세워진 곳이다. 그러니 현재는 과거의 삶이 지워진 공간이다. 이제는 산비탈을 오가는 계단도 사라지고, 동생이 사탕을 사러 가던 구멍가게도 없어졌다. 그리고 그 동네에 살던 사람들도 다 없다. 결국 과거는 지워진 기억일 뿐이다. 시인은 그 기억을 살려내고 그리워하지만, 그러나 온전히 과거의 자신으로 돌아갈 수는 없다. 시인 자신을 형상화한 사물인 노란 꽃 민들레는 그래서 땅을 울리며 하늘을 꿈꾸고 있는 것이다.

흔적만 남은 과거는 시인에게는 단순한 그리움이 아니다. '과거가 현재의 우리에게는 어떤 의미일까?'

가 이 시가 던지는 질문이다. "미아리 골목 채우던 구성진 노래는 우리들의 무엇이 되어 불리고 있는가?"를, 과거가 우리를 어떻게 지금 이 자리에 서게 만들었나를, 시인은 아프게 묻고 있다.

크리스마스 캐럴이 울려 퍼지는 날,
아버지는 한숨 다 날려버리고
말 한마디 없이 등뼈 빠진 차디찬 몸뚱이로 집으
로 굴러왔죠.

우리 가슴을 후벼 파는
아버지의 나이는 그때 마흔아홉 살이었어요.

어머니의 나이는 마흔여덟,
뺑소니 차 사고 보상금 타러 간 어머니,
순경은 옷 벗으라며 먼저 씻고 나오겠다고 했죠.
순경이 씻으러 들어간 사이
어머닌 재빨리 거리로 흘러들었죠

—「낙산을 오르며」 부분

아버지는 뺑소니 교통사고를 당하고, 어머니는 보상금을 타러 갔다가 성추행을 당할 뻔했던 아픈 개인적 과거사를 이 시는 분노와 울분이 아니라 담담하게 털어놓는다.

남의 일인 것처럼 일상을 그냥 국외자의 시선으로 그려놓은 척하다가 동생이나 부모님의 아픔을 슬쩍 섞어놓은 것은 남들의 그런 일상이 그냥 남의 것이 아니라 시인 자신의 것이기도 함을 드러내려는 시인의 의도다.

시인이 제 땅에서 발 딛고 서지 못하고 먼 여행을 혹은 방랑을 떠나게 된 배경이야말로 어쩌면 이 시집의 전부이고 핵심적인 뿌리라고 할 수 있다. '38년을 떠돌며 시인이 깨닫게 된 것은 과연 무엇일까'가 궁금해지는 것은 과거의 삶이 아프고 아득하고 막막했기 때문이다.

허공에 딛은 발걸음

젊은 시절, 도시의 황막한 삶에서 벗어나려고 시인은 어떤 몸부림을 쳤던 것일까? 그 몸부림은 주변의 사람들을 들여다보는 것으로 나타난다. 사실 사람이야말로 가장 큰 상처를 주는 존재이면서 동시에 그 상처를 아물게 하는 존재이기도 하다. 시인은 자신의 주변에서 그런 치유의 존재를 찾아내는 과정을 겪는다.

시인이 찾아낸(그냥 만난 것이 아니라 상처를 극복하기 위해 애써 찾아낸 것으로 보이는) 사람들은 "홍역으로 잃은 자식, 먼저 하늘나라 간 영감님, / 일제 때 보육대에 끌려가 생사도 모르는 오빠와 / 갈산리로 흘러"온(「갈산리 할머니」) 사람이고, "저물녘 / 전주로 나가는 버스 안"(「도라지 할머니」)을 채운 도라지꽃을 닮은 할머니들이다. 시인이 만난 사람은 현재에만 있는 것이 아니다. 어린 날, 안암동 책 대여점을 하다 망하고 붕어빵 장사를 거쳐 결국은 백혈병으로 죽고 만 아저씨의 기억(「그 아저씨」)도 그런 만남 중의 하나다.

그들은 모두 치열하게 살아가고 있었지만, 시 속에서는 조금 객관적인 시선으로 그려진다. 자식도 오빠도 다 잃고도 할머니가 되도록 살아온 끈질긴 삶을 "구불구불 / 할머니"(「갈산리 할머니」)라고 객관적으로 바라본다. 구불구불 속에 얼마나 많은 생의 우여와 곡절이 담겨 있는 것일까! 그것을 장황하게 설명하지 않고, '구불구불' 하나로 함축해둘 만큼 시인은 객관화된 것이다.

시인은 이 땅의 무수한 존재들이 겉으로 보기에는 저마다 힘겹고 고단한 삶을 살아가는 것 같지만, 그 안에는 "도라지꽃 웃음"(「도라지 할머니」)을 안고 있음을 발견한다.

누구에게나 삶은 버거운 짐이지만, 그러나 늘 고통스럽지만은 않다는 것, 때로는 도라지꽃처럼 수수하고 빛나는 웃음의 나날이 있다는 것을 찾아내기까지 시인은 얼마나 먼 길을 걸어온 것일까?

> 수상한 시절에 수상한 삶을
> 수상하게 살았던 이들
> 모두 품는
> 징게 맹갱 외에밋들
>
> —「김제평야」 부분

비로소 시인은 이웃의 삶뿐이 아니라 김제 만경평야까지도 수상한 시절을 견뎌내고 모든 것을 품어주고 있다는 깨달음에 이른다. 삶과 역사를 나누어 보지 않고 하나로 견주어낼 수 있게 된 것이다.

그런 인식에 이른 시인에게 어디 사는지, 무엇을 하는지는 아무 의미 없을 것이다. 그가 누구인지, 어떤 마음가짐으로 살아가는지가 더 의미 있는 것이었으리라.

현실과 인식의 사이에 시인의 방황과 방랑이 담겨 있을 테지만, 이 시집에는 시인이 떠돌았던 일리노이나 오리건의 시간은 없다. 어쩌면 그 시간들이 시인이 시로 형상화해내기에는 더 아득했던 때였는지도 모르겠다.

평안, 이서부터 해밀턴까지

주로 시집의 3, 4부를 이루고 있는 뉴질랜드의 삶은 시인이 비로소 정착한 평안의 땅에 대한 노래다. 뉴질랜드라서 평안한 것이 아니라, 시인이 마음을 내려놓았기 때문에 평안한 곳일 것이다. 또 온갖 방황과 고통의 끝에서 만나는 곳이었기에 그런 평안을 누릴 수 있는 것인지도 모르겠다. 젊은 날의 고향과 안암동, 보문동에서 받았던 상처는 이 땅의 사람들을 따스하고 아련한 시선으로 바라보는 데서 어느 정도 극복을 하게 된다. 그러나 그 극복이 아직은 완전한 치유에 이른 것은 아니었다.

이 시집에는 고향, 서울 성북구 일대의 삶, 이서로 대표되는 전주 주변에서의 삶을 다룬 작품은 제법 눈에 띄지만, 미국으로 삶의 근거를 옮겼던 시기의 작품은 보이지 않는다. 아마도 시인에게는 미국에서 살았던 시절은 그려내기에 적합하지 않았거나 아직 극복되지 않는 시기였을지도 모른다. 어쩌면 이서로 대표되는 곳의 작품이 미국의 삶 이후였을 것으로 짐작되는데, 그것은 젊은 날의 상처가 이들 시편에서는 많이 가라앉고 이웃을 보는 눈길이 따사로워졌기 때문이다. 시집에는 담겨 있지 않지만, 미국 방황의 결과가 이런 변화를 가져온 것같이 짐작된다.

215번 버스를 타고 전주로 나간다. 새금동에서, 상
림동에서 아낙네들 허리춤에 돈 가방 꿰차고 제 몸
뚱이만 한 보따리들 차에 끌어올린다. 나누는 인사
마다에 걸쭉하게 가을 해가 여문다. 버스 안에서 먼
저 서는 장, 봉지 봉지 인심이 그득하다.

여름내 땀 흘린 배추, 콩, 들깨 남부시장으로, 중앙
시장으로, 모래내시장으로
나가기 전 금 간 버스 바닥에 널브러진다.

웃는 해가 저문다.

—「이서에서 1」 전문

이서는 전라북도 완주군의 지명이다. 한자로는 '伊
西'라고 적는데, 아마도 전라북도의 행정 중심지인 전
주의 서쪽 가까이에 있어 그런 명칭이 되었을 것으로
짐작된다.

시인의 '떠돎'을 떠올려보면 내게는 자꾸 그 행정구
역 명칭인 이서가 '이서移棲'로 여겨진다. 도시에서 뿌
리내리지 못한 시인이 끝내는 '옮겨 깃들었던' 곳이기
때문이다. 그리고 옮겨 살았던 곳이지만, 그곳의 기억
은 일시적이나마 평온했던 시간들이었기 때문이다.

이서와 전주는 대중교통으로 약 한 시간 정도 걸리

는 거리다. 가깝지만 다니는 버스는 전형적인 시골 버스의 풍경이다. 이 시에서 시인의 내적 상태를 나타내는 시어는 없다. 그저 영화의 한 장면처럼 시골 버스의 풍경을 담담하게 그려낸다.

이서에서 전주로 가는 215번 버스 안이 무대다. 버스가 정류장에 도착할 때마다 허리에 돈 가방을 꿰찬 아주머니들이 한 보따리의 짐을 끌고 차에 오른다. 전주의 시장으로 가는 길이다. 그런데 장에 도착하기도 전에 버스 안에서 장이 먼저 열린다. 저마다 가져온 (아마도 대개 농산물일 것으로 짐작되는) 물건들이 봉지 봉지에 담겨 거래된다. 바닥에 금이 간 낡은 버스에서 열리는 도깨비시장의 풍경은 읽는 이를 빙그레 웃음 짓게 만든다. 더없이 평온하고 따사롭다. 바라보는 시인의 시선이 바로 그렇다. 그래서 시인은 마지막 연에서 "웃는 해가 저문다"고 말하고 있는 것이다. 지는 해는 흔히 쓸쓸함, 아득함, 덧없음을 의미하지만 이 시에서는 푸근하고 따스한 이미지다. 그만큼 시인이 세상을 조금 떨어져서 한없이 평온하게 바라보게 된 것을 의미한다.

이서를 떠난 시인은 그 조금은 평온하던 풍경에서 건너 뉴질랜드의 해밀턴으로 근거를 옮기게 된다. 구구한 사정이야 「남섬에서 북섬으로」에 잘 담겨 있으니 설명은 생략하고 해밀턴의 시 속으로 들어가 보자.

해밀턴은 뉴질랜드 북섬의 한 마을이다. 시인의 시에서 유추해보면, 해밀턴은 이서가 업그레이드된 지역으로 보인다. 약간의 평온이었던 이서에서 해밀턴으로 옮긴 일은 시인에게 온전한 평온을 주는 계기가 된 것 같다.

자신이 사는 곳을 시인은 「해밀턴」에서 담담하게 그려내고 있다. 와이카토강 다리를 하루에도 몇 번씩 건너다녀야 하는 곳, 해밀턴을 검색하면 캐나다의 해밀턴이 먼저 나오는 동명이지同名異地가 시인이 사는 곳이다. 캐나다의 해밀턴이 널리 알려진 곳이라면, 뉴질랜드의 해밀턴은 사람들이 잘 모르는 곳이다. 해밀턴은 세상 밖의 또 다른 세상인 셈이다. 어쩌면 시인은 그곳에서 잊힌 채로 살아가고 싶었는지도 모른다.

세상 밖에 숨어 있는 마을이지만, 이 시에서 시인은 함께 고락苦樂과 희로喜怒를 나누며 살아가는 사람들을 노래하고 있다. 하루에도 몇 번씩 건너다니는 그 강물에 애기 엄마가 빠져 죽고, 간호사가 몸을 던지기도 한다. 그리고 그들의 죽음을 위무하는 "키위, 마오리, 인도 사람, 중국 사람, 아프가니스탄 사람, 한국 사람, 말레이시아 사람, 대만 사람, 베트남 사람, 싱가포르 사람, 홍콩 사람, 인도네시아 사람, 피지 사람, 통아 사람, 사모아 사람, 독일 사람, 프랑스 사람, 호주 사람, 짐바브웨 사람, 소말리아 사람, 네팔 사람, 영국 사람, 미국 사람, 태국 사람, 러시아 사람, 솔로몬제도 사람, 이란 사람, 사우디아라비아 사람, 아르헨티나 사람, 콜롬비아 사람, 멕시코 사람, 미얀마 사람, 캄보디아 사람" 들이 어울려 살아가고 있다. 서로 다른 나라에서 온 지구상의 모든 인종들이 이미 오래전부터 친숙한 이웃처럼 모여 사는 곳이 해밀턴이다.

　늘 치이고 쫓기고 아픈 상처와 맞닥뜨리며 살아왔을 시인에게 이곳은 생의 끝자락에서 만난 공동체의 땅이고, 평안의 마을이다. 그리고 세상 다른 곳과 마찬가지로 "해가 났다가 / 바람이 불다가 / 비가 내"리는 곳이다. 세상의 모든 일상적 일들이 여전히 그곳에서도 해가 뜨고 바람이 부는 것처럼 똑같이 일어난다. 그러나 그곳은 악다구니와 다툼보다는 남의 슬픔을 자신의 아픔으로 받아들이는 사람들이 어울려 살아가는 곳이다. 그동안 시인이 살았던 곳들과 같으면서 또 다른 곳인 셈이다. 그래서 슬픈 장례식을 그려내는 이 시에서는 슬픔이 아픔 쪽이 아니라 감동 쪽에 가깝다.

　그들과 섞여 새로운 세상에서 새로운 삶을 살아가게 된 시인은 평안해 보인다. 그러나 그 평안은 그냥 얻어진 것이 아니다.

　　　낯선 나라에서
　　　낯설지 않게 살려면 말이야

걷다가 집집마다 높이 핀 자목련의 향기에 귀를
기울여봐
거기 앉아 날개 흔드는 새들의
말을 들어봐

그 길 끝에
정갈한 옷들 걸어놓고
활짝 웃는 의상실 주인 보이지
너도 활짝 웃어봐

그래
웃는 거야
험상궂은 마오리 아저씨도
보고 웃어주면
세상에서 최고의 미소를 선물로 받지

자목련처럼
활짝
붉게
웃어봐

─「웃어봐」전문

낯선 나라, 낯선 땅에서 살기 위해서는 웃을 줄 알

아야 한다는 것이다. 무엇을 향해 웃을까? 그 땅에 뿌리내리고 살아가는 자목련이나 새들과 같은 자연물에 귀를 기울이고 이해할 줄 알아야 하고, 이웃집 의상실 주인을 보고 함께 웃어야 하고, 험상궂어 보이는 원주민 마오리 아저씨를 향해서도 웃을 줄 알아야 그 땅에서 제대로 발 딛고 살아갈 수 있다는 이 시는 어쩌면 시인이 자기 자신에게 들려주는 충고일지도 모른다. 자연과 인간에 대한 동일한 대응이야말로 시인이 세상 끝인 해밀턴에서 발견한 삶의 지혜가 아닐까? 3, 4부에 주로 실린 뉴질랜드를 배경으로 한 시들은 그래서 아무리 아픈 이야기를 담고 있어도, 잔잔하고 맑고 부드러우며 평안하다.

비로소 시인은 평안의 세계에 깃들게 된 것이다, 이 시 속에 등장하는 자목련이나 새처럼.

38년을 지나 또 다른 세계를 향해

다시 처음으로 돌아가 보자. 이 시집은 문단에 발을 디딘 지 무려 38년 만에 묶는, 은근과 끈기의 산물이다. 모든 시는 그 시를 쓴 시인을 닮는 법이다. 김용주 시인은 느리고 차분하지만 자신이 밀고 가는 일은 좀체 중간에 포기하는 법이 없는 사람이다. 이 시들도 그런 시인을 닮았다. 무려 38년의 여행 혹은 떠돌이 삶이 담긴 이 시집은 그래서 시인에게는 삶의 대부분을 정리하는 작품들이고, 적지 않은 나이에 다시 출발하는 시작의 작품이기도 하다.

김용주 시인은 뉴질랜드에서 살아가는 기간 동안 몇 차례 귀국하여 내가 사는 강원도 산골짜기에 찾아온 적이 있었다. 와서는 특별한 말도 없이, 부끄러운 젊은이처럼 시 얘기를 툭툭 던져놓곤 가버렸다. 내가 젊은이라고 하는 것은, 육십이 넘은 나이에도 시를 묻고 고민을 털어놓는 그 마음을 짐작했기 때문이다. 젊은이는 방황하고 고민하지만, 나이 든 사람은 틀에 맞춰 생각한다. 여전히 시를 고민하고 방황하는 것은 육체적 나이가 아닌 정신의 나이가 아직도 젊다는 것을 의미한다.

지금까지의 생이 세상을 걸어온 여행자의 길이었다면, 새로 걸어가야 할 김용주 시인의 시의 길에는 또 어떤 풍경이 펼쳐질까? 그 풍경이 더욱 그리워진다. 마지막으로 시집 제목인 시 「코화이」를 읽어본다. 조국의 봄을 물들이던 노오란 개나리를 닮은 뉴질랜드의 꽃 코화이는 어쩌면 시인 자신의 얼굴인지도 모른다.

뉴질랜드 해밀턴이라는 새로운 곳에서, 자신이 살아온 땅과 살아가고 있는 세상을 잘 버무려 새로운 세계를 창조해낸 이 시가 김용주 시인이 새로 걸어가는 세계를 미리 보는 것 같아서다.

　　개나리 닮은 꽃
　　푸른 하늘 바라보며
　　오늘은 더 노랗게 피었구나
　　내가 태어나고 자란

　　아린 숨결
　　피는 꽃

—「코화이」 전문

최성수　　강원도 횡성에서 출생했다. 1987년 시 무크지 『민중시』 3집으로 등단했다. 시집으로 『장다리꽃 같은 우리 아이들』, 『작은 바람 하나로 시작된 우리 사랑은』, 『꽃, 꽃잎』, 『천 년 전 같은 하루』, 『물골, 그 집』, 『람풍』 등이 있다.